Best Time

白 马 时 光

林非　施晗　主编

向往的生活

天津出版传媒集团

天津人民出版社

图书在版编目（CIP）数据

向往的生活 / 林非，施晗主编 . — 天津：天津人
民出版社，2019.4
ISBN 978-7-201-14583-9

Ⅰ.①向… Ⅱ.①林…②施… Ⅲ.①散文集－中国
－现代②散文集－中国－当代 Ⅳ.① I266

中国版本图书馆 CIP 数据核字（2019）第 036083 号

向往的生活
XIANGWANG DE SHENGHUO

林非　施晗　主编

出　　版	天津人民出版社
出 版 人	刘　庆
地　　址	天津市和平区西康路 35 号康岳大厦
邮政编码	300051
邮购电话	（022）23332469
网　　址	http://www.tjrmcbs.com
电子信箱	tjrmcbs@126.com

出 品 人	李国靖
特约监制	王　瑜
责任编辑	玮丽斯
特约策划	石　雯
特约编辑	石　雯
封面设计	林　丽
版式设计	王雨晨

制版印刷	嘉业印刷（天津）有限公司
经　　销	新华书店
开　　本	880 毫米 ×1230 毫米　1/32
印　　张	8.5
字　　数	160 千字
版次印次	2019 年 4 月第 1 版　2019 年 4 月第 1 次印刷
定　　价	39.80 元

其生若浮，其死若休。

目　录

雅舍

谈吃

目　录

生活的一种

丰富的安静

雅
舍

我有一几一椅一榻，

酣睡写读，

均已有着，

我亦不复他求。

雅舍

文 / 梁实秋

到四川来，觉得此地人建造房屋最是经济。火烧过的砖，常常用来做柱子，孤零零地砌起四根砖柱，上面盖上一个木头架子，看上去瘦骨嶙峋，单薄得可怜；但是顶上铺了瓦，四面编了竹篦墙，墙上敷了泥灰，远远地看过去，没有人能说不像是座房子。我现在住的"雅舍"正是这样一座典型的房子。不消说，这房子有砖柱，有竹篦墙，一切特点都应有尽有。

讲到住房，我的经验不算少，什么"上支下摘""前廊后厦""一楼一底""三上三下""亭子间""茅草棚""琼楼玉宇"和"摩天大厦"各式各样，我都尝试过。我不论住在哪里，只要住得稍久，对那房子便发生感情，非不得已我还舍不得搬。这"雅舍"，我初来时仅求其能蔽风雨，并不敢存奢望，现在住了两个多月，我的好感油然而生。虽然我已渐渐感觉它是并不能蔽风雨，因为有窗而无玻璃，风来则洞若凉亭，有瓦而空隙不少，雨来则渗如滴漏。纵然不能蔽风雨，"雅舍"还是自有它的个性。有个性就可爱。

"雅舍"的位置在半山腰，下距马路有七八十层的土阶。前面是阡陌螺旋的稻田。再远望过去是几抹葱翠的远山，旁边有高粱地，有竹林，有水池，有粪坑，后面是荒僻的榛莽未除的土山坡。若说地点荒凉，则月明之夕，或风雨之日，亦常有客到，大抵好友不嫌路远，路远乃见情谊。客来则先爬几十级的土阶，进得屋来仍须上坡，因为屋内地板乃依山势而铺，一面高，一面低，坡度甚大，客来无不惊叹，我则久而安之，每日由书房走到饭厅是上坡，饭后鼓腹而出是下坡，亦不觉有大不便处。

"雅舍"共是六间，我居其二。篾墙不固，门窗不严，故我与邻人彼此均可互通声息。邻人轰饮作乐，咿唔诗章，喁喁细语，以及鼾声、喷嚏声、吮汤声、撕纸声、脱皮鞋声、均随时由门窗户壁的隙处荡漾而来，破我岑寂。入夜则鼠子瞰灯，才一合眼，鼠子便自由行动，或搬核桃在地板上顺坡而下，或吸灯油而推翻烛台，或攀缘而上帐顶，或在门框桌脚上磨牙，使得人不得安枕。但是对于鼠子，我很惭愧地承认，我"没有法子"。"没有法子"一语是被外国人常常引用着的，以为这话最足代表中国人的懒惰隐忍的态度。其实我的对付鼠子并不懒惰。窗上糊纸，纸一戳就破；门户关紧，而相鼠有牙，一阵咬便是一个洞洞。试问还有什么法子？洋鬼子住到"雅舍"里，不也是"没有法子"？比鼠子更骚扰的是蚊子。"雅舍"的蚊虱之盛，是我前所未见的。"聚蚊成雷"真有其事！每当黄昏时候，满屋里磕头碰脑的全是蚊子，又黑又大，骨骼都像是硬的。在别处蚊子早已肃清的时候，在"雅舍"则格外猖獗，来客偶不留心，则两腿伤处累累隆起如玉蜀黍，但是我仍安之。冬天一到，蚊子自然绝迹，明年夏天——谁知道我还是住在"雅舍"！

　　"雅舍"最宜月夜——地势较高，得月较先。看山头吐月，红盘乍涌，一霎间，清光四射，天空皎洁，四野无声，微闻犬吠，坐客无不悄然！舍前有两株梨树，等到月升中天，清光从树间筛洒而下，地上阴影斑斓，此时尤为幽绝。直到兴阑人散，归房就寝，月光仍然逼进窗来，助我凄凉。细雨蒙蒙之际，"雅舍"亦复有趣。推窗展望，俨然米氏章法，若云若雾，一片弥漫。但若大雨滂沱，我就又惶悚不安了，屋顶湿印到处都有，起初如碗大，俄而扩大如盆，继则滴水乃不绝，终乃屋顶灰泥突然崩裂，如奇葩初绽，砉然一声而泥水下注，此刻满室狼藉，抢救无及。此种经验，已数见不鲜。

　　"雅舍"之陈设，只当得简朴二字，但洒扫拂拭，不使有纤尘。我非显要，故名公巨卿之照片不得入我室；我非牙医，故无博士文凭张挂壁间；我不业理发，故丝织西湖十景以及电影明星之照片亦均不能张我四壁。我有一几一椅一榻，酣睡写读，均已有着，我亦不复他求。但是陈设虽简，我却喜欢翻新布置。西人常常讥笑妇人喜欢变更桌椅位置，以为这是妇人天性喜变之一征。诬否且不论，我是喜欢改变的。中国旧式家庭，陈设千篇一律，正厅上是一条案，前面一张八仙桌，一旁一把靠椅，两旁是两把靠椅夹一只茶几。我以为陈设宜求疏落参差之致，最忌排偶。"雅舍"所有，毫无新奇，但一物一事之安排布置俱不从俗。人入我室，即知此是我室。笠翁《闲情偶寄》之所论，正合我意。

　　"雅舍"非我所有，我仅是房客之一。但思"天地者万物之逆旅"，人生本来如寄，我住"雅舍"一日，"雅舍"即一日为我所有。即使此一日亦不能算是我有，至少此一日"雅舍"所能给予之苦辣酸甜我实躬受亲尝。刘克庄词："客里似家家似寄。"我此时此刻卜居"雅舍"，"雅舍"即似我家。其实似家似寄，我亦分辨不清。

　　长日无俚，写作自遣，随想随写，不拘篇章，冠以"雅舍小品"四字，以示写作所在，且志因缘。

北京的春节

文/老舍

　　按照北京的老规矩，过农历的新年（春节），差不多在腊月的初旬就开头了。"腊七腊八，冻死寒鸦"，这是一年里最冷的时候。可是，到了严冬，不久便是春天，所以人们并不因为寒冷而减少过年与迎春的热情。在腊八那天，人家里、寺观里，都熬腊八粥。这种特制的粥是祭祖祭神的，可是细一想，它倒是农业社会的一种自傲的表现——这种粥是用所有的各种的米、各种的豆，与各种的干果（杏仁、核桃仁、瓜子、荔枝肉、莲子、花生米、葡萄干、菱角米……）熬成的。这不是粥，而是小型的农业展览会。

腊八这天还要泡腊八蒜。把蒜瓣在这天放到高醋里，封起来，为过年吃饺子用的。到年底，蒜泡得色如翡翠，而醋也有了些辣味，色味双美，使人要多吃几个饺子。在北京，过年时，家家吃饺子。

从腊八起，铺户中就加紧地上年货，街上加多了货摊子——卖春联的、卖年画的、卖蜜供的、卖水仙花的等都是只在这一季节才会出现的。这些赶年的摊子都叫儿童们的心跳得特别快一些。在胡同里，吆喝的声音也比平时更多复杂起来，其中也有仅在腊月才出现的，像卖宪书的、松枝的、薏仁米的、年糕的等。

在有皇帝的时候，学童们到腊月十九就不上学了，放年假一月。儿童们准备过年，差不多第一件事是买杂拌儿。这是用各种干果（花生、胶枣、榛子、栗子等）与蜜饯掺和成的，普通的带皮，高级的没有皮——例如：普通的用带皮的榛子，高级的用榛瓤儿。儿童们喜吃这些零七八碎儿，即使没有饺子吃，也必须买杂拌儿。他们的第二件大事是买爆竹，特别是男孩子们。恐怕第三件事才是买玩意儿——风筝、空竹、口琴等——和年画儿。

儿童们忙乱，大人们也紧张。他们须预备过年吃的使的喝的一切。他们也必须给儿童赶做新鞋新衣，好在新年时显出万象更新的气象。

二十三过小年，差不多就是过新年的"彩排"。在旧社会里，这天晚上家家祭灶王，从一擦黑儿鞭炮就响起来，随着炮声把灶王的纸像焚化，美其名叫送灶王上天。在前几天，街上就有多少多少卖麦芽糖与江米糖的，糖形或为长方块或为大小瓜形。按旧日的说法：有糖粘住灶王的嘴，他到了天上就不会向玉皇报告家庭中的坏事了。现在，还有卖糖的，但是只由大家享用，并不再粘灶王的嘴了。

过了二十三，大家就更忙起来，新年眨眼就到了啊。在除夕以前，家家必须把春联贴好，必须大扫除一次，名曰扫房。必须把肉、鸡、鱼、青菜、年糕什么的都预备充足，至少足够吃用一个星期的——按老习惯，铺户多数关五天门，到正月初六才开张。假若不预备下几天的吃食，临时不容易补充。还有，旧社会里的老妈妈们，讲究在除夕把一切该切出来的东西都切出来，省得在正月初一到初五再动刀，动刀剪是不吉利的。这含有迷信的意思，不过它也表现了我们确是爱和平的人，在一岁之首连切菜刀都不愿动一动。

除夕真热闹。家家赶做年菜，到处是酒肉的香味。老少男女都穿起新衣，门外贴好红红的对联，屋里贴好各色的年画，哪一家都灯火通宵，不许间断，炮声日夜不绝。在外边做事的人，除非万不得已，必定赶回家来，吃团圆饭、祭祖。这一夜，除了很小的孩子，没有什么人睡觉，而都要守岁。

元旦（这里指正月初一）的光景与除夕截然不同：除夕，街上挤满了人；元旦，铺户都上着板子，门前堆着昨夜燃放的爆竹纸皮，全城都在休息。

男人们在午前就出动，到亲戚家、朋友家去拜年；女人们在家中接待客人。同时，城内城外有许多寺院开放，任人游览，小贩们在庙外摆摊，卖茶、食品和各种玩具。北城外的大钟寺、西城外的白云观、南城的火神庙（厂甸）是最有名的。可是，开庙最初的两三天，并不十分热闹，因为人们还正忙着彼此贺年，无暇及此。到了初五六，庙会开始风光起来，小孩们特别热心去逛，为的是到城外看看野景，可以骑毛驴，还能买到那些新年特有的玩具。白云观外的广场上有赛轿车、赛马的；在老年间，据说还有赛骆驼的。这些比赛并不争取谁第一谁第二，而是在观众面前表演骡马与骑者的美好姿态与技能。

多数的铺户在初六开张，又放鞭炮，从天亮到清早，全城的炮声不绝。虽然开了张，可是除了卖吃食与其他重要日用品的铺子，大家并不很忙，铺中的伙计们还可以轮流着去逛庙、逛天桥和听戏。

元宵（汤圆）上市，新年的高潮到了——元宵节（从正月十三到十七）。除夕是热闹的，可是没有月光；元宵节呢，恰好是明月当空。元旦是体面的，家家门前贴着鲜红的春联，人们穿着新衣裳，可是它还不够美。元宵节，处处悬灯结彩，整条的大街像是办喜事，火炽而美丽。有名的老铺都要挂出几百盏灯来，有的一律是玻璃的，有的清一色是牛角的，有的都是纱灯；有的各形各色，有的通通彩绘全部《红楼梦》或《水浒传》故事。这在当年，也就是一种广告；灯一悬起，任何人都可以进到铺中参观；晚间灯中都点上烛，观者就更多。这广告可不庸俗。干果店在灯节还要做一批杂拌儿生意，所以每每独出心裁的，制成各样的冰灯，或用麦苗做成一两条碧绿的长龙，把顾客招来。

除了悬灯，广场上还放花合。在城隍庙里并且燃起火判，火舌由判官泥像的口、耳、鼻、眼中伸吐出来。公园里放起天灯，像巨星似的飞到天空。

男男女女都出来踏月、看灯、看焰火，街上的人拥挤不动。在旧社会里，女人们轻易不出门，她们可以在灯节里得到些自由。小孩子们买各种花炮燃放，即使不跑到街上去淘气，在家中照样能有声有光地玩耍。家中也有灯：走马灯——原始的电影——宫灯、各形各色的纸灯，还有纱灯，里面有小铃。到时候就叮叮地响。大家还必须吃汤圆呀。这的确是美好快乐的日子。

一眨眼，到了残灯末庙，学生该去上学，大人又去照常做事，新年在正月十九结束了。腊月和正月，在农村社会里正是大家最闲的时候，而猪牛羊等也正长成，所以大家要杀猪宰羊，酬劳一年的辛苦。过了灯节，天气转暖，大家就又去忙着干活了。北京虽是城市，可是它也跟着农村社会一齐过年，而且过得分外热闹。

在旧社会里，过年是与迷信分不开的。腊八粥、关东糖、除夕的饺子，都须先去供佛，而后人们再享用。除夕要接神；大年初二要祭财神，吃元宝汤（馄饨），而且有的人要到财神庙去借纸元宝，抢烧头股香。正月初八要给老人们顺星、祈寿。因此那时候最大的一笔浪费是买香蜡纸马的钱。现在，大家都不迷信了，也就省下这笔开销，用到有用的地方去。特别值得提到的是现在的儿童只快活地过年，而不受那迷信的熏染，他们只有快乐，而没有恐惧——怕神怕鬼。也许，现在过年没有以前那么热闹了，可是多么清醒健康呢。以前，人们过年是托神鬼的庇佑，现在是大家劳动终岁，大家也应当快乐地过年。

公寓生活记趣

文 / 张爱玲

读到"我欲乘风归去，又恐琼楼玉宇，高处不胜寒"的两句词，公寓房子上层的居民多半要感到毛骨悚然。屋子越高越冷。自从煤贵了之后，热水汀早成了纯粹的装饰品。构成浴室的图案美，热水龙头上的 H 字样自然是不可少的一部分；实际上呢，如果你放冷水而开错了热水龙头，立刻便有一种空洞而凄怆的轰隆轰隆之声从九泉之下发出来，那是公寓里特别复杂、特别多心的热水管系统在那里发脾气了。即使你不去太岁头上动土，那雷神也随时地要显灵。无缘无故，只听见不怀好意的"嗡……"拉长了半晌之后接着"訇訇"

两声，活像飞机在顶上盘旋了一会儿，掷了两枚炸弹。在战时香港吓细了胆子的我，初回上海的时候，每每为之魂飞魄散。若是当初它认真工作的时候，艰辛地将热水运到六层楼上来，便是咕噜两声，也还情有可原。现在可是雷声大，雨点小，难得滴下两滴生锈的黄浆……然而也说不得了，失业的人向来是肝火旺的。

梅雨时节，高房子因为压力过重，地基陷落的缘故，门前积水最深。街道上完全干了，我们还得花钱雇黄包车渡过那白茫茫的护城河。雨下得太大的时候，屋子里便闹了水灾。我们轮流抢救，把旧毛巾、麻袋、褥单堵住了窗户缝；障碍物濡湿了，绞干，换上，污水折在脸盆里，脸盆里的水倒在抽水马桶里。忙了两昼夜，手心磨去了一层皮，墙根还是汪着水，糊墙的花纸还是染了斑斑点点的水痕与霉迹子。

风如果不朝这边吹的话，高楼上的雨倒是可爱的。有一天，下了一黄昏的雨，出去的时候忘了关窗户，回来一开门，一房的风声雨味，放眼望出去，是碧蓝的潇潇的夜，远处略有淡灯摇曳，多数的人家还没点灯。

常常觉得不可解，街道上的喧声，六楼上听得分外清楚，仿佛就在耳根底下，正如一个人年纪越高，距离童年渐渐远了，小时的琐屑的回忆反而渐渐亲切明晰起来。

我喜欢听市声。比我较有诗意的人在枕上听松涛、听海啸，我是非得听见电车响才睡得着觉的。在香港山上，只有冬季里，北风彻夜吹着常青树，还有一点电车的韵味。长年住在闹市里的人大约非得出了城之后才知道他离不了一些什么。城里人的思想，背景是条纹布的幔子，淡淡的白条子便是行驶着的电车——平行的，匀净的，声响的河流，汩汩流入下意识里去。

我们的公寓邻近电车厂，可是我始终没弄清楚电车是几点钟回家。"电车回家"这句子仿佛不很合适——大家公认电车为没有灵魂的机械，而"回家"两个字有着无数的情感洋溢的联系。但是你没看见过电车进厂的特殊情形吧？一辆衔接一辆，像排了队的小孩，嘈杂、叫嚣，愉快地打着哑嗓子的铃："克林，克赖，克赖，克赖！"吵闹之中又带着一点由疲乏而生的驯服，是快上床的孩子等着母亲来刷洗他们。车里的灯点得雪亮。专做下班的售票员生意的小贩们曼声兜售着面包。有时候，电车全进了厂了，单剩下一辆，神秘地，像被遗弃了似的，停在街心。从上面望下去，只见它在半夜的月光中袒露着白肚皮。

这里的小贩所卖的吃食没有多少典雅的名色。我们也从来没有缒下篮子去买过东西。（想起《依本痴情》里的顾兰君了。她用丝袜结了绳子，缚住了纸盒，吊下窗去买汤面。袜子如果不破，也不是丝袜了！在节省物资的现在，这是使人心惊肉跳的奢侈。）也许我们也该试着吊下篮子去。无论如何，听见门口卖臭豆腐干的过来了，便抓起一只碗来，噔噔奔下六层楼梯，跟踪前往。在远远的一条街上访到了臭豆腐干担子的下落，买到了之后，再乘电梯上来，似乎总有点可笑。

我们开电梯的是个人物，知书达理，有涵养，对于公寓里每一家的起居他都是一本清账。他不赞成他儿子去做电车售票员——嫌那职业不很上等。再热的天，任凭人家将铃撤得震天响，他也得在汗衫背心上加上一件熨得溜平的纺绸小褂，方肯出现。他拒绝替不修边幅的客人开电梯。他的思想也许缙绅气太重，然而他究竟是个有思想的人。可是他离了自己那间小屋，就踏进了电梯的小屋——只怕这一辈子是跑不出这两间小屋了。电梯上升，人字图案的铜栅栏外面，一重重的黑暗往下移，棕色的黑暗，红棕色的黑暗，黑色的黑暗……衬着交替的黑暗，你看见司机人的花白的头。

没事的时候他在后天井烧个小风炉炒菜烙饼吃。他教我们怎样煮红米饭：烧开了，熄了火，停个十分钟再煮，又松，又透，又不塌皮烂骨，没有筋道。

托他买豆腐浆，交给他一只旧的牛奶瓶，陆续买了两个礼拜，他很简单地报告道："瓶没有了。"是砸了还是失窃了，也不得而知。再隔了些时，他拿了一只小一号的牛奶瓶装了豆腐浆来。我们问道："咦？瓶又有了？"他答道："有了。"新的瓶是赔给我们的呢还是借给我们的，也不得而知。

我们的《新闻报》每天早上他要循例过目一下方才给我们送来。小报他读得更为仔细些，因此要到十一二点钟才轮得到我们看。英文、日文、德文、俄文的报他是不看的，因此大清早便卷成一卷插在人家弯曲的门钮里。

报纸没有人偷，电铃上的铜板却被撬去了。看门的巡警倒有两个，虽不是双生子，一样都是翻领里面竖起了木渣渣的黄脸，短裤与长筒袜之间露出木渣渣的黄膝盖；上班的时候，一般都是横在一张藤椅上睡觉，挡住了信箱。每次你去看看信箱的时候总得殷勤地凑到他面颊前面，仿佛要询问：“酒刺好了些罢？”

恐怕只有女人能够充分了解公寓生活的特殊优点：用人问题不那么严重。生活程度这么高，即使雇得起人，也得准备着受气。在公寓里“居家过日子”是比较简单的事。找个清洁公司每隔两星期来大扫除一下，也就用不着打杂的了。没有用人，也是人生一快。抛开一切平等的原则不讲，吃饭的时候如果有个还没吃过饭的人立在一边眼睁睁望着，等着为你添饭，虽不至于使人食不下咽，多少有些讨厌。许多身边杂事自有它们的愉快性质。看不到田园里的茄子，到菜场上去看看也好——那么复杂的、油润的紫色；新绿的豌豆，熟艳的辣椒，金黄的面筋，像太阳里的肥皂泡。把菠菜洗过了，倒在油锅里，每每有一两片碎叶子粘在篾篓底上，抖也抖不下来；迎着亮，翠生生的枝叶在竹片编成的方格子上招展着，使人联想到篱上的扁豆花。其实又何必“联想”呢？篾篓子本身的美不就够了么？我这并不是效忠于国社党①，劝诱女人回到厨房里去。不劝便罢，若是劝，一样的得劝男人到厨房里去走一遭。当然，家里有厨子而主人不时地下厨房，是会引起厨子最强烈的反感的。这些地方我们得寸步留心，不能太不识眉眼高低。

有时候也感到没有用人的苦处。米缸里出虫，所以掺了些胡椒在米里——据说米虫不大喜欢那刺激性的气味。淘米之前先得把胡椒拣出来。我捏了一只肥白的肉虫的头当作胡椒，发现了这错误之后，不禁大叫起来，丢下饭锅便走。在香港遇见了蛇，也不过如此罢了。那条蛇我只见到它的上半截，它钻出洞来矗立着，约有二尺来长。我抱了一叠书匆匆忙忙下山来。正和它打了个照面。它静静地望着我，我也静静地望着它，望了半晌，方才哇呀呀叫出声来，翻身便跑。

提起虫豸之类，六楼上苍蝇几乎绝迹，蚊子少许有两个。如果它们富于想象力的话，飞到窗口往下一看，便会晕倒了罢？不幸它们是像英国人一般地淡漠与自足——英国人住在非洲的森林里也照常穿上了燕尾服进晚餐。

公寓是最合理想的逃世的地方。厌倦了大都会的人们往往记挂着和平幽静的乡村，心心念念盼望着有一天能够告老归田，养蜂种菜，享点清福。殊不知在乡下多买半斤腊肉便要引起许多闲言闲语，而在公寓房子的最上层你就是站在窗前换衣

① 国社党，即国家社会党，二十世纪三十年代初秘密成立的右翼政党，一九三七年以后公开活动。

服也不妨事！

　　然而一年一度，日常生活的秘密总得公布一下。夏天家家户户都大敞着门，搬一把藤椅坐在风口里。这边的人在打电话，对过一家的仆欧一面熨衣裳，一面便将电话上的对白译成了德文说给他的小主人听。楼底下有个俄国人在那里响亮地教日文。二楼的那位女太太和贝多芬有着不共戴天的仇恨，一捶十八敲，咬牙切齿打了他一上午；钢琴上倚着一辆脚踏车。不知道哪一家在煨牛肉汤，又有哪一家泡了焦三仙。

　　人类天生的是爱管闲事。为什么我们不向彼此的私生活里偷偷地看一眼呢，既然被看者没有多大损失而看的人显然得到了片刻的愉悦？凡事牵涉到快乐的授受上，就犯不着斤斤计较了。较量些什么呢？——长的是磨难，短的是人生。

　　屋顶花园里常常有孩子们溜冰，兴致高的时候，从早到晚在我们头上咕滋咕滋挫过来又挫过去，像瓷器的摩擦，又像睡熟的人在那里磨牙，听得我们一粒粒牙齿在牙龈里发酸如同青石榴的子，剔一剔便会掉下来。隔壁一个异国绅士气势汹汹上楼去干涉。他的太太提醒他道："人家不懂你的话，去也是白去。"他揎拳捋袖道："不要紧，我会使他们懂得的！"隔了几分钟他偃旗息鼓嗒然下来了。上面的孩子年纪都不小了，而且是女性，而且是美丽的。

　　谈到公德心，我们也不见得比人强。阳台上的灰尘我们直截了当地扫到楼下的阳台上去。"啊，人家栏杆上晾着地毯呢——怪不过意的，等他们把地毯收了进去再扫罢！"

　　一念之慈，顶上生出了灿烂圆光。这就是我们的不甚彻底的道德观念。

放风筝

文 / 梁实秋

　　偶见街上小儿放风筝，拖着一根棉线满街跑，嬉戏为欢，状乃至乐。那所谓风筝，不过是竹篾架上糊一点纸，一尺见方，顶多底下缀着一些纸穗，其结果往往是绕挂在街旁的电线上。

　　常因此想起我小时候在北平放风筝的情形。我对放风筝有特殊的癖好，从孩提时起直到三四十岁，遇有机会从没有放弃过这一有趣的游戏。在北平，放风筝有一定的季节，大约总是在新年过后开春的时候为宜。这时节，风劲而稳。严冬时风很大，过于凶猛，春季过后则风又嫌微弱了。开春的时候，蔚蓝的天，风不断地吹，最好放风筝。

北平的风筝最考究。这是因为北平的有闲阶级的人多，如八旗子弟，凡属耳目声色之娱的事物都特别发展。我家住在东城，东四南大街，在内务部街与史家胡同之间有一个二郎庙，庙旁边有一爿风筝铺，铺主姓于，人称"风筝于"。他做的风筝在城里颇有小名。我家离他近，买风筝特别方便。他做的风筝，种类繁多，如肥沙雁、瘦沙雁、龙井鱼、蝴蝶、蜻蜓、鲇鱼、灯笼、白菜、蜈蚣、美人儿、八卦、蛤蟆以及其他形形色色的。鱼的眼睛是活动的，放起来滴溜溜地转，尾巴拖得很长，临风波动。蝴蝶、蜻蜓的翅膀也有软的，波动起来也很好看。风筝的架子是竹制的，上面绷起高丽纸面，讲究的要用绢绸，绘制很是精致，彩色缤纷。风筝于的出品，最精彩是"提线"拴得角度准确，放起来不"折筋斗"，平平稳稳。风筝小者三尺，大者一丈以上，通常在家里玩玩有三尺到六尺就很够。新年厂甸开放，风筝摊贩也很多，品质也还可以。

放风筝的线，小风筝用棉线即可，三尺以上就要用棉线数缕捻成的"小线"，小线也有粗细之分，视需要而定。考究的要用"老弦"：取其坚牢，而且分量较轻，放起来可以扭成直线，不似小线之动辄出一圆兜。线通常绕在竹制的可旋转的"线桃子"上。讲究的是硬木制的线桃子，旋转起来特别灵活迅速。用食指打一下，桃子即转十几转，自然地把线绕上去了。

有人放风筝，尤其是较大的风筝，常到城根或其他空旷的地方去，因为那里风大，一抖就起来了。尤其是那一种特制的巨型风筝，名为"拍子"，长方形的，方方正正没有一点花样，最大的没有超过九尺。北平的住宅都有个院子，放风筝时先测定风向，要有人带起一根大竹竿，竿顶置有铁叉头或铜叉头（即挂画所用的那种叉子），把风筝挑起，高高举起到房檐之上，等着风一来，一抖，风筝就飞上天去，竹竿就可以撤了，有时候风不够大，举竹竿的人还要爬上房去踞坐在房脊上面。有时候，费了不少手脚，而风姨不至，只好废然作罢。不过这种扫兴的机会并不太多。

风筝和飞机一样，在起飞的时候和着陆的时候最易失事。电线和树都是最碍事的，须善为躲避。风筝一上天，就没有事，有时候进入罡风境界，则不需用手牵着，大可以把线拴在屋柱上面，自己进屋休息，甚至拴一夜，明天再去收回。春寒料峭，在院子里久了会冻得涕泗交流，线弦有时也会把手指勒得青疼，甚至出血，是需要到屋里去休息取暖的。

风筝之"筝"字，原是一种乐器，似瑟而十三弦。所以顾名思义，风筝也是要有声响的，《询刍录》云："五代李邺于宫中作纸鸢，引线乘风为戏，后于鸢首，以竹为笛，使风入竹，声如筝鸣。"这记载是对的。不过我们在北平所放的风筝，倒不是"以竹为笛"，带响的风筝是两种，一种是带锣鼓的，一种是带弦弓的，二者兼备的当然也不是没有。所谓锣鼓，即是利用风车的原理捶打纸制的小鼓，清脆可听。弦弓的声音比较更为悦耳。有诗为证：

夜静弦声响碧空，

宫商信任往来风。

依稀似曲才堪听，

又被风吹别调中。

——高骈《风筝》

我以为放风筝是一件颇有情趣的事。人生在世上，局促在一个小圈圈里，大概没有不想偶然远走高飞一下的。出门旅行，游山逛水，是一个办法，然亦不可常得。放风筝时，手牵着一根线，看风筝冉冉上升，然后停在高空，这时节仿佛自己也跟着风筝飞起了，俯瞰尘寰，怡然自得。我想这也许是自己想飞而不可得，一种变相的自我满足罢。春天的午后，看着天空飘着别人家放起的风筝，虽然也觉得很好玩，究不若自己手里牵着线的较为亲切，那风筝就好像是载着自己的一片心情上了天。真是的，在把风筝收回来的时候，心里泛起一种异样的感觉，好像是游罢归来，虽然不是扫兴，至少也是尽兴之后的那种疲惫状态，懒洋洋的，无话可说，从天上又回到了人间，从天上翱翔又回到匍匐地上。

放风筝还可以"送幡"（俗呼为"送饭儿"）。用铁丝圈套在风筝线上，圈上附一长纸条，在放线的时候铁丝圈和长纸条便被风吹着慢慢地滑上天去，纸幡在天空飞荡，直到抵达风筝脚下为止。在夜间还可以把一盏一盏的小红灯笼送上去，黑暗中不见风筝，只见红灯朵朵在天上游来游去。

放风筝有时也需要一点点技巧，最重要的是在放线松弛之间要控制得宜。风太劲，风筝陡然向高处跃起，左右摇晃，把线拉得绷紧，这时节一不小心风筝便会倒栽下去。栽下去不要慌，赶快把线一松，它立刻又会浮起，有时候风筝已落到视线所不能及的地方，依然可以把它挽救起来，凡事不宜操之过急，放松一步，往往可以化险为夷，放风筝亦一例也。技术差的人，看见风筝要栽筋斗，便急忙往回收，适足以加强其危险性，以至于不可收拾。风筝落在树梢上也不要紧，这时节也要把线放松，乘风势轻轻一扯便会升起，性急的人用力拉，便愈纠缠不清，直到把风筝扯碎为止。在风力弱的时候，风筝自然要下降，线成兜形，便要频频扯抖，尽量放线，然后再及时收回，一松一紧，风筝可以维持于不坠。

好斗是人的一种本能。放风筝时也可表现出战斗精神。发现邻近有风筝飘起，如果位置方向适宜，便可向它斗争。法子是设法把自己的风筝放在对方的线兜之下，然后猛然收线，风筝陡地直线上升，势必与对方的线兜交缠在一起，两只风筝都摇摇欲坠，双方都急于向回扯线，这时候就要看谁的线粗、谁的手快、谁的地势优了。优胜的一方面可以扯回自己的风筝，外加一只俘虏，可能还有一段的线。我在一季之中，时常可以俘获四五只风筝。把俘获的风筝放起，心里特别高兴，好像是在炫耀自己的胜利品，可是有时候战斗失利，自己的风筝被俘，过一两天看着自己的风筝在天空飘荡，那便又是一种滋味了。这种斗争并无伤于睦邻之道，这是一种游戏，不发生侵犯领空的问题。并且风筝也只好玩一季，没有人肯玩隔年的风筝。迷信说隔年的风筝不吉利，这也许是卖风筝的人造的谣言。

静寂的园子

文 / 巴金

没有听见房东家的狗的声音。现在园子里非常静。那棵不知名的五瓣的白色小花仍然寂寞地开着。阳光照在松枝和盆中的花树上，给那些绿叶涂上金黄色。天是晴朗的，我不用抬起眼睛就知道头上是晴空万里。

忽然我听见洋铁瓦沟上有铃子响声，抬起头，看见两只松鼠正从瓦上溜下来，这两只小生物在松枝上互相追逐取乐。它们的绒线球似的大尾巴，它们的可爱的小黑眼睛，它们颈项上的小铃子吸引了我的注意。我索性不转睛地望着窗外。但是它们跑了两三转，又从藤萝架回到屋瓦上，一瞬间就消失了，依旧把这个静寂的园子留给我。

　　我刚刚埋下头，又听见小鸟的叫声。我再看，桂树枝上立着一只青灰色的白头小鸟，昂起头得意地歌唱。屋顶的电灯线上，还有一对麻雀在吱吱喳喳地讲话。

　　我不了解这样的语言。但是我在鸟声里听出了一种安闲的快乐。它们要告诉我的一定是它们的喜悦的感情。可惜我不能回答它们。我把手一挥，它们就飞走了。我的话不能使它们留住，它们留给我一个园子的静寂。不过我知道它们过一阵又会回来的。

　　现在我觉得我是这个园子里唯一的生物了。我坐在书桌前俯下头写字，没有一点声音来打扰我。我正可以把整个心放在纸上。但是我渐渐地烦躁起来。这静寂像一只手慢慢地挨近我的咽喉。我感到呼吸不畅快了。这是不自然的静寂。这是一种灾祸的预兆，就像暴雨到来前那种沉闷静止的空气一样。

　　我似乎在等待什么东西。我有一种不安定的感觉，我不能够静下心来。我一定是在等待什么东西。我在等待空袭警报；或者我在等待房东家的狗吠声，这就是说，预行警报已经解除，不会有空袭警报响起来，我用不着准备听见凄厉的汽笛声（空袭警报）就锁门出去。近半月来晴天有警报差不多成了常例。

　　可是我的等待并没有结果。小鸟回来后又走了；松鼠们也来过一次，但又追逐地跑上屋顶，我不知道它们消失在什么地方。从我看不见的正面楼房屋顶上送过来一阵的乌鸦叫。这些小生物不知道人间的事情，它们不会带给我什么信息。

我写到上面的一段，空袭警报就响了。我的等待果然没有落空。这时我觉得空气在动了。我听见巷外大街上汽车的叫声。我又听见飞机的发动机声，这大概是民航机飞出去躲警报。有时我们的驱逐机也会在这种时候排队飞出，等着攻击敌机。我不能再写了，便拿了一本书锁上园门，匆匆地走到外面去。

在城门口经过一阵可怕的拥挤后，我终于到了郊外。在那里耽搁了两个多钟头，和几个朋友在一起，还在草地上吃了他们带出去的午餐。警报解除后，我回来，打开锁，推开园门，迎面扑来的仍然是一个园子的静寂。

我回到房间，回到书桌前面，打开玻璃窗，在继续执笔前还看看窗外。树上，地上，满个园子都是阳光。墙角一丛观音竹微微地在飘动它们的尖叶。一只大苍蝇带着嗡嗡声从开着的窗飞进房来，在我的头上盘旋。一两只乌鸦在我看不见的地方叫。一只黄色小蝴蝶在白色小花间飞舞。忽然一阵奇怪的声音在对面屋瓦上响起来，又是那两只松鼠从高墙沿着洋铁滴水管溜下来。它们跑到那个支持松树的木架上，又跑到架子脚边有假山的水池的石栏杆下，在那里追逐了一回，又沿着木架跑上松枝，隐在松叶后面了。松叶动起来，桂树的小枝也动了，一只绿色小鸟刚刚歇在那上面。

狗的声音还是听不见。我向右侧着身子去看那条没有阳光的窄小过道。房东家的小门紧紧地闭着。这些时候那里就没有一点声音。大概这家人大清早就到城外躲警报去了，现在还不曾回来。他们回来恐怕在太阳落坡的时候。那条肥壮的黄狗一定也跟着他们"疏散"了，否则会有狗抓门的声音送进我的耳里来。

我又坐在窗前写了这许多字。还是只有乌鸦和小鸟的叫声陪伴我。苍蝇的嗡嗡声早已寂灭了。现在在屋角又响起了老鼠啃东西的声音。都是响一回又静一回的，在这个受着轰炸威胁的城市里我感到了寂寞。

然而像一把刀要划破万里晴空似的，嘹亮的机声突然响起来。这是我们自己的飞机。声音多么雄壮，它扫除了这个园子的静寂。我要放下笔到庭院中去看天空，看那些背负着金色阳光在蓝空里闪耀的灰色大蜻蜓。那是多么美丽的景象。

明天不散步了

上横街买烟，即点一支，对面直路两旁的矮树已缀满油亮的新叶，这边的大树枝条仍是灰褐的，谅来也密布芽蕾，有待绽肥了才闹绿意，想走过去，继而回来了，到寓所门口，幡然厌恶室内的沉浊氛围，户外新鲜空气是公共的，也是我的，慢跑一阵，在空气中游泳，风就是浪，这琼美卡区，以米德兰为主道的岔路都有坡度，路边是或宽或窄的草坪，许多独立的小屋坐落于树丛中，树很高了，各式的门和窗都严闭着，悄无声息，除了洁净、安谧，没有别的意思，倘若谁来说，这些屋子，全没人住，也不能反证他是在哄我，因为是下午，晚上窗子有灯光，便觉得里面有人，如果孤居的老妇死了，灯亮着，死之前非熄灯不可吗，她早已无力熄灯，这样，每夜窗子明着，明三年五年，老妇不可怜，那灯可怜，幸亏物无知，否则世界更逼促紊乱，幸亏生活在无知之物的中间，有隐蔽之处，回旋之地，憩息之所，落落大方地躲躲闪闪，一代代蹙眉窃笑到今天，我散步，昨天可不是散步，昨天豪雨，在曼哈顿纵横如魔阵的街道上，与友人共一顶伞，我俩大，伞小，只够保持头发不湿，去图书馆，上个月被罚款了，第一个发起这种办法的人有多聪明，友人说，坐下看看吗，我的鞋底定是裂了，袜子全是水，这样两只脚，看什么书，于是又走在街上，大雨中的纽约好像没有纽约一样，伦敦下大雨，也只有雨没有伦敦，古代的平原，两军交锋，旌旗招展，马仰人翻……

大雨来了，也就以雨为主，战争是次要的，就这样我俩旁若无纽约地大声说笑，还去注意银行的铁栏杆内不白不黄的花，状如中国的一般秋菊，我嚷道，菊花开在树上了，被大雨濯得好狼狈，我友也说，真是踉踉跄跄一树花，是什么木本花，我们人是很絮烦的，对于喜欢的和不喜欢的，都想得个名称，面临知其名称的事物，是舒泰的，不计较的，如果看着听着，不知其名称，便有一种淡淡的窘，漠漠的歉意，幽幽的尴尬相，所以在异国异域，我不知笨了多少，好些植物未敢贸然相认，眼前那枝开满朝天的紫朵的，应是辛夷，不算玉兰木兰，谁知美国人叫它什么，而且花瓣比中国的辛夷小、薄，即使是槭树、杜鹃花、鸢尾、水仙，稍有一分异样，我的自信也软弱了，哪天回中国，大半草木我都能直呼其名，如今知道能这样是很愉快的，我的姓名其实不难发音，对于欧美人就需要练习，拼一遍，又一遍，笑了——也是由于礼貌、教养、人文知识，使这样世界处处出现淡淡的窘、漠漠的歉意、幽幽的尴尬相，和平的年代，诸国诸族的人都这样相安居、相乐业、相往来……

战争爆发了，人与人不再窘不再歉不再尴尬，所以战争是坏事，极坏的事，与战争相反的是音乐，到任何一个偏僻的国族，每闻音乐，尤其是童年时代就谙熟的音乐，便似迷航的风雨之夜，蓦然靠着了故乡的埠岸，有人在雨丝风片中等着我回家。公寓的地下室中有个打杂工的美国老汉，多次听到他在吹口哨，全是海顿爸爸，莫扎特小子，没有一点山姆大叔味儿，我也吹了，他走上来听，他奇怪中国人的口哨竟也是纯纯粹粹的维也纳学派，这里面有件什么超乎音乐的亟待说明的重大悬案，人的哭声、笑声、呵欠、喷嚏，世界一致，在其间怎会形成二三十种盘根错节的语系，动物们没有足够折腾的语言，显得呆滞，时常郁郁寡欢；人类立了许多语言学校，也沉寂，闷闷不乐地走进走出，生命是什么呢，生命是时时刻刻不知如何是好……

　　我是常会迷路的，要去办件事或赴个约，尤其容易迷路，夜已深，停车场那边还站着个人，便快步近去，他说，给我一支烟，我告诉你怎样走，我给了，心想，还很远，难寻找，需要烟来助他思索，他吸了一口，又一口，指指方向，过两个勃拉格就是了，我很高兴，转而赏味他的风趣，如果我自己明白过两个街口便到，又知道这人非常想抽烟，于是上前，他以为我要问路，我呢，道声晚安，给他一支烟，为之点火，回身走了，那就很好，这种事是永远做不成的，猜勿着别人是否正处于没有烟而极想抽烟的当儿，而且散步初始时的新鲜空气中的游泳感就没有了。

　　一阵明显的风，吹来旖旎醺醺的花香，环顾四周，不见有成群的花，未知从何得来，人和犬一样，将往事贮存在嗅觉讯息中，神速引回学生时代的春天，那条小街，不断有花铺、书店、唱片行、餐馆、咖啡吧、法兰西的租界，住家和营商的多半是犹太人，却又弄成似是而非的巴黎风，却也是白俄罗斯人酗酒行乞之地，书店安静，唱片行响着，番茄沙司加热后的气味溜出餐馆，煮咖啡则把一半精华免费送给过路客了，而花铺的秘酵浓香最会泛滥到街上来，晴暖的午后，尤其郁郁馡馡众香发越，阳光必须透过树丛，小街一段明一段暗，偶值已告觖绝的恋人对面行来，先瞥见者先低了头，学校离小街不远，同学中的劲敌出没于书店酒吧，大家不声不响地满怀凌云壮志，喝几杯樱桃白兰地，更加为自己的伟大前程而伤心透顶了，谁会有心去同情潦倒街角的白俄罗斯旷夫怨妇，谁也料不到后来的命运可能赧然与彼相似，阵阵泛溢到街上来最可辨识的是康乃馨和铃兰的清甜馥馞，美国的康乃馨只剩点微茫的草气，这里小径石级边不时植有铃兰，试屈一膝，俯身密嗅，全无香息，岂非哑巴、瞎子，铃兰又叫风信子，百合科，叶细长，自地下鳞茎出，丛生，中央挺轴开花如小铃，六裂，总状花序，青、紫、粉红，何其紧俏芬芳的花，怎么这里的风信子都白痴似的，所以我又怀疑自己看错花了，不是常会看错人吗？总又是看错了，假如哪一天回中国去，重见铃兰即风信子，我柔驯地凝视，俯闻，凝视，会想起美国有一种花，极像的，就是不香，刚才的一阵风也只是机遇，不再了，三年制专修科我读了两年半，告别学院等于告别那小街，我们都是不告而别的，三十年后殖民地形式已普遍过时，法兰西人、犹太人、白俄罗斯人都不见了，不见那条街，学院也没有了，问来问去，才说那灰色的庞然的冷藏仓库便是学院旧址，为什么这样呢，街怎会消失呢，巡回五条都无一仿佛，不是已经够傻了，站在这里等再有风吹来花香，仍然是这种傻……

　　起步，虽然没有人，很少人，凡是出现的都走得很快，我慢了就显出是个散步者，散步本非不良行为，然而一介男士，也不牵条狗，下午，快傍晚了，在春天的小径上彳亍，似乎很可耻，这世界已经是，已经是无人管你非议你，也像有人管着你非议着你一样的了，有些城市自由居民会遁到森林、冰地去，大概就是想摆脱此种冥然受控制的恶劣感觉，去尽所有身外的羁绊，还是困在自己灵敏得木然发怔的感觉里，草叶的香味起来了，先以为是头上的树叶散发的，转眼看出这片草地刚用过刈草机，那么多断茎，当然足够形成凉涩的沁胸的清香，是草群大受残伤的绿的血腥啊……

暮色在前，散步就这样了，我们这种人类早已不能整日整夜在户外存活，工作在桌上，睡眠在床上，生育恋爱死亡都必须有屋子，琼美卡区的屋子都有点童话趣味，介乎贵族传奇与平民幻想之间，小布尔乔亚的故事性，贵族下坠摔破了华丽，平民上攀遗弃了朴素，一幢幢都弄成了这样，在幼年的彩色课外读物中见过它们，手工劳作课上用纸板糨糊搭起来的就是它们的雏形，几次散步，一一评价过了，少数几幢，将直线斜线弧线用出效应来，材料的质感和表面涂层的色感，多数是错误的，就此一直错误着，似乎是叫人看其错误，那造对了造好了的屋子，算是为它高兴吧，也担心里面住的会不会是很笨很丑的几个人，兼而担心那错误的屋子里住着聪明美丽的一家，所以教堂中走出神父，寺院台阶上站着僧侣，就免于此种形式上的忧虑，纪念碑则难免市侩气，纪念碑不过是说明人的记忆力差到极点了，最好的是塔，实心的塔，只供眺望，也有空心的塔，构着梯级，可供登临极目，也不许人居住，塔里冒出炊烟晾出衣裳，会引起人们大哗大不安，又有什么真意含在里面而忘却了，高高的有尖顶的塔，起造者自有命题，新落成的塔，众人围着仰着，纷纷议论其含义，其声如潮，潮平而退，从此一年年模糊其命题，塔角的风铎跌落，没有人再安装上去，春华秋实，塔只是塔，徒然地必然地矗立着，东南亚的塔群是对塔的误解、辱没，不可歌不可泣的宿命的孤独才是塔的存在感，琼美卡一带的屋子不是孤独的，明哲地保持人道的距离，小布尔乔亚不可或缺的矜持，水泥做的天鹅，油漆一新的提灯侏儒，某博士的木牌，车房这边加个篮球架，生息在屋子里的人我永远不会全部认识，这些屋子渐渐熟稔，琼美卡四季景色的更换形成我不同性质的散步，回来时，走错了一段路，因为不再是散步的意思了，两点之间不取最捷径的线，应算是走错的，幸亏物无知，物无语，否则归途上难免被这些屋子和草木嘲谑了，一个散步也会迷路的人，我明知生命是什么，是时时刻刻不知如何是好，所以听凭风里飘来花香泛滥的街，习惯于眺望命题模糊的塔，在一顶小伞下大声讽评雨中的战场——任何事物，当它失去第一重意义时，便有第二重意义显出来，时常觉得是第二重意义更容易由我靠近，与我适合，犹如墓碑上倚着一辆童车，热面包压着三页遗嘱，以致晴美的下午也就此散步在第二重意义中而俨然迷路了，我别无逸乐，每当稍有逸乐，哀愁争先而起，哀愁是什么呢，要是知道哀愁是什么，就不哀愁了——生活是什么呢，生活是这样的，有些事情还没有做，一定要做的……

另有些事做了，没有做好。明天不散步了。

神奇的丝瓜

文 / 季羡林

今年春天，孩子们在房前空地上，斩草挖土，开辟出来了一个一丈见方的小花园。周围用竹竿扎了一个篱笆，移来了一棵玉兰花树，栽上了几株月季花，又在竹篱下面随意种上了几棵扁豆和两棵丝瓜。土壤并不肥沃，虽然也铺上了一层河泥，但估计不会起很大的作用，大家不过是玩玩而已。

过了不久，丝瓜竟然长了出来，而且日益茁壮、长大。这当然增加了我们的兴趣。但是我们也并没有过高的期望。我自己每天早晨工作疲倦了，常到屋旁的小土山上走一走，站一站，看看墙外马路上的车水马龙和亚运会招展的彩旗，顾而乐之，只不过顺便看一看丝瓜罢了。

丝瓜是普通的植物，我也并没有想到会有什么神奇之处。可是忽然有一天，我发现丝瓜秧爬出了篱笆，爬上了楼墙。以后，每天看丝瓜，总比前一天向楼上爬了一大段；最后竟从一楼爬上了二楼，又从二楼爬上了三楼。说它每天长出半尺，决非夸大之词。丝瓜的秧不过像细绳一般粗，如不注意，连它的根在什么地方，都找不到。这样细的一根秧竟能在一夜之间输送这样多的水分和养料，供应前方，使得上面的叶子长得又肥又绿，爬在灰白色的墙上，一片浓绿，给土墙增添了无量活力与生机。

这当然让我感到很惊奇，我的兴趣随之大大地提高。每天早晨看丝瓜成了我的主要任务，爬小山反而成为次要的了。我往往注视着细细的瓜秧和浓绿的瓜叶，陷入沉思，想得很远，很远……

又过了几天，丝瓜开出了黄花。再过几天，有的黄花就变成了小小的绿色的瓜。瓜越长越长，越长越大，重量当然也越来越增加，最初长出的那一个小瓜竟把瓜秧坠下来了一点，直挺挺地悬垂在空中，随风摇摆。我真是替它担心，生怕它经不住这一份重量，会整个地从楼上坠了下来落到地上。

然而不久就证明了，我这种担心是多余的。最初长出来的瓜不再长大，仿佛得到命令停止了生长。在上面，在三楼一位一百〇二岁的老太太的窗外窗台上，却长出来两个瓜。这两个瓜后来居上，发疯似的猛长，不久就长成了小孩胳膊一般粗了。这两个瓜加起来恐怕有五六斤重，那一根细秧怎么能承担得住呢？我又担心起来。没过几天，事实又证明了我是杞人忧天。两个瓜不知从什么时候忽然弯了起来，把躯体放在老太太的窗台上，从下面看上去，活像两个粗大弯曲的绿色牛角。

不知道从哪一天起，我忽然又发现，在两个大瓜的下面，在二三楼之间，在一根细秧的顶端，又长出来了一个瓜，垂直地悬在那里。我又犯了担心病：这个瓜上面够不到窗台，下面也是空空的；总有一天，它越长越大，会把上面的两个大瓜也坠了下来，一起坠到地上，落叶归根，同它的根部聚合在一起。

然而今天早晨，我却看到了奇迹。同往日一样，我习惯地抬头看瓜：下面最小的那一个早已停止生长，孤零零地悬在空中，似乎一点分量都没有；上面老太太窗台上那两个大的，似乎长得更大了，威武雄壮地压在窗台上；中间的那一个却不见了。我看看地上，没有看到掉下来的瓜。等我倒退几步抬头再看时，却看到那一个我认为失踪了的瓜，平着身子躺在抗震加固时筑上的紧靠楼墙凸出的一个台子上。这真让我大吃一惊。这样一个原来垂直悬在空中的瓜怎么忽然平身躺在那里了呢？这个凸出的台子无论是从上面还是从下面都是无法上去的，绝不会有人把丝瓜摆平的。

我百思不得其解，徘徊在丝瓜下面，像达摩老祖一样，面壁参禅。我仿佛觉得这棵丝瓜有了思想，它能考虑问题，而且还有行动，它能让无法承担重量的瓜停止生长；它能给处在有利地形的大瓜找到承担重量的地方，给这样的瓜特殊待遇，让它们疯狂地长；它能让悬垂的瓜平身躺下。如果不是这样的话，无论如何也无法解释我上面谈到的现象。但是，如果真是这样的话，又实在令人难以置信。丝瓜用什么来思想呢？丝瓜靠什么来指导自己的行动呢？

上下数千年，纵横几万里，从来也没有人说过，丝瓜会有思想。我左考虑，右考虑，越考虑越糊涂。我无法同丝瓜对话，这是一个沉默的奇迹。瓜秧仿佛成了一根神秘的绳子，绿叶上照旧浓翠扑人眉宇。我站在丝瓜下面，陷入梦幻。而丝瓜则似乎心中有数，无言静观，它怡然泰然悠然坦然，仿佛含笑面对秋阳。

北京的味儿

文 / 北岛

一

关于北京，首先让我想到的是气味儿，随季节变化而变化。就这一点而言，人像狗。要不那些老华侨多年后回国，四顾茫然，张着嘴，东闻闻西嗅嗅——寻找的就是那记忆中的北京味儿。

冬储大白菜味儿。立冬前后，各副食店门前搭起临时菜站，大白菜堆积如山，从早到晚排起长队。每家至少得买上几百斤，用平板三轮自行车儿童车等各种工具倒腾回家，邻里间互相照应，特别是对那些行动不便的孤寡老人。

大白菜先摊开晾晒，然后码放在窗下门边过道里阳台上，用草帘子或旧棉被盖住。冬天风雪肆虐，大白菜像木乃伊干枯变质，顽强地散发出霉烂味儿，提示着它们的存在。

煤烟味儿。为取暖做饭，大小煤球炉蜂窝煤炉像烟鬼把烟囱伸出门窗，喷云吐雾。煤焦油和水汽从烟囱口落到地上，结成一坨坨黑冰。赶上刮风天，得赶紧转动烟囱口的拐脖儿——浓烟倒灌，呛得人鼻涕眼泪，狂嗽不止。更别提那阴险的煤气：趁人不备，温柔地杀你。

灰尘味儿。相当于颜色中的铁灰加点儿赭石——北京冬天的底色。它是所有气味儿中的统帅，让人口干舌燥，嗓子冒烟，心情恶劣。一旦借西北风更是了得，千军万马，铺天盖地，顺窗缝门缝登堂入室，没处躲没处藏。当年戴口罩防的主要就是它，否则出门满嘴牙碜。

正当北京人活得不耐烦，骤然间大雪纷飞，覆盖全城。大雪有一股云中薄荷味儿，特别是出门吸第一口，清凉滋润。孩子们高喊着冲出门去，他们摘掉口罩扔下手套，一边喷吐哈气，一边打雪仗堆雪人。直到道路泥泞，结成脏冰，他们沿着脏冰打出溜儿，快到尽头往下一蹲，借惯性再蹭几米，号称"老头钻被窝儿"。

我家离后海很近。孩子们常在那儿"滑野冰"，自制冰鞋雪橇滑雪板，呼啸成群，扬起阵阵雪末，被风刮到脸上，好像白砂糖一样，舔舔，有股无中生有的甜味儿。工人们在湖面开凿冰块，用铁钩子钩住，沿木板搭的栈道运到岸上，再运到李广桥北面的冰窖。

趁人不注意，我跟着同学钻进冰窖，昏暗阴冷，水腥味夹杂着干草味。那些冰块置放在多层木架上，用草垫隔开，最后用草垫木板和土封顶。待来年夏天，这些冰块用于冷藏鲜货食品，制作冰淇淋刨冰。在冰窖里那一刻，我把自己想象成冷冻的鱼。

冬天过于漫长，让人厌烦，孩子们眼巴巴盼着春天。数到"五九"，后海沿岸的柳枝蓦然转绿，变得柔软，散发着略带苦涩的清香。解冻了，冰面发出清脆的破裂声，雪水沿房檐滴落，煤焦油的冰坨像墨迹洇开。我们的棉鞋全都变了形，跟蟾蜍一样趴下，咧着嘴，有股咸带鱼的臭味儿。我母亲几乎年年都买水仙，赶上春节前后悄然开放，暗香涌动，照亮沉闷的室内。在户外，顶属杏花开得最早，随后梨花丁香桃花，风卷花香，熏得人头晕，昏昏欲睡。小时候常说"春困秋乏夏打盹，睡不醒的冬三月"，那时尚不知有花粉过敏一说。

等到槐花一开，夏天到了。国槐乃北方性格，有一种恣意妄为的狞厉之美。相比之下，那淡黄色槐花开得平凡琐碎，一阵风过，如雨飘落。槐花的香味儿很淡，但悠远如箫。

而伴随着这香味的是可怕的"吊死鬼"。那些蠕虫吐丝吊在空中，此起彼伏，封锁着人行道。穿过"吊死鬼"方阵如过鬼门关，一旦挂在脖子上脸上，挥之不去，让人浑身起鸡皮疙瘩，难免惊叫。

夏天是一年中最快乐的时光，主要是放暑假的缘故吧。我们常去鼓楼"中国民主促进会"看电视打乒乓球，或是去什刹海体育场游泳。说到游泳，我们沉浮在漂白粉味儿和尿臊味儿中，沉浮在人声鼎沸的喧嚣和水下的片刻宁静之间。

暴雨似乎来自体内的压力。当闷热到了难以忍受的临界点，一连串雷电惊天动地，青春期的躁动得到某种程度的释放。雨一停，孩子冲向马路旁边，一边蹚水一边高叫："下雨啦，冒泡啦，王八戴上草帽啦……"

不知为什么，秋天总与忧伤相关，或许是开学的缘故：自由被没收了。是的，秋天代表了学校的刻板节奏，代表了秩序。粉笔末飘散，中文与数字在黑板上出现又消失。在男孩子臭脚丫味儿和脏话之上，是女孩的体香，丝丝缕缕，让人困惑。

秋雨阵阵，树叶辗转飘零，湿漉漉的，起初带有泡得过久的酽茶的苦味儿，转而变成发酵的霉烂味儿，与即将接班的冬储大白菜味儿相呼应。

二

话说味儿，除了嗅觉，自然也包括味觉。味觉的记忆更内在，因而也更持久。

鱼肝油味儿，唤醒我最早的童年之梦：在剪纸般的门窗深处，是一盏带有鱼腥味儿的灯光。那灯光大概与我服用鱼肝油的经验有关。

起初，从父母严肃的表情中，我把它归为药类，保持着一种天生的警惕。当鱼肝油通过滴管滴在舌尖上，凉凉的，很快扩散开来，满嘴腥味儿。这从鳕鱼提炼的油脂，让我品尝到大海深处的孤独感。后来学到的进化论证实了这一点：鱼是人类的祖先。随着年龄增长，这孤独感被不断放大、构成青春期内在的轰鸣。

滴管改成胶囊后，我把鱼肝油归为准糖果类，不再有抵触情绪。先咬破胶囊，待鱼肝油漏走再细嚼那胶质，有牛皮糖的口感。

"大白兔"奶糖味儿。它是糖果之王，首先是那层半透明的米纸，在舌头上融化时带来预期的快感。"大白兔"奶味儿最重，据说七块糖等于一杯牛奶，为营养不良的孩子所渴望。可惜困难时期，"大白兔"被归入"高级糖"，有顺口溜为证："高级点心高级糖，高级老头上茅房"，可见那"高级循环"与平民百姓无关。

多年后，一个法国朋友在巴黎让我再次尝到"大白兔"，令我激动不已，此后我身上常备那么几块，加入"高级老头"的行列。

困难时期正赶上身体发育，我开始偷吃家里所有能吃的东西，从养在鱼缸的小球藻到父母配给的黏稠的卵磷脂，从钙片到枸杞子，从榨菜到黄酱，从海米到大葱……父母开始坚壁清野，可挡不住我与日俱增的食欲。什么都吃光了，我开始吞食味精。在美国，跟老外去中国餐馆，他们事先声明"No MSG（不放味精）"，让我听了就心烦。

我把味精从瓶中倒在掌心，一小撮，先用舌尖舔舔，通过味蕾沿神经丛反射到大脑表层，引起最初的兴奋——好像品尝那被提纯的大海，那叫鲜！我开始逐渐加大剂量，刺激持续上升，直到鲜味儿完全消失。最后索性把剩下半瓶味精倒进嘴里，引起大脑皮层的信号混乱或短路——眩晕恶心，一头栽倒在床上。我估摸，这跟吸毒的经验接近。

父母抱怨，是谁打翻了味精瓶？

在我们小学操场墙外，常有个小贩的叫卖声勾人魂魄。他从背囊中像变戏法变出各种糖果小吃。由于同学引荐，我爱上桂皮。

桂皮即桂树的树皮，中草药，辛辣中透着甘甜。两分钱能买好几块，比糖果经久耐吃多了。我用手绢包好，在课堂上时不时舔一下。说实话，除了那桂皮味儿，与知识有关的一切毫无印象。

一天晚上，我和关铁林从学校回家，一个挑担的小贩在路上吆喝："臭豆腐，酱豆腐——"我从未尝过臭豆腐，在关铁林怂恿下，花三分钱买了一块，仅一口就噎住了，我把剩下的扔到房上。

回到家，保姆钱阿姨喊臭，东闻西嗅，非要追查来源。我冲进厕所刷牙漱口，又溜进厨房，用两大勺白糖糊住嘴。可钱阿姨依然翕动着鼻子，像警犬四处搜寻。

三

一个夏天的早上，我和一凡从三不老胡同 1 号出发，前往位于鼓楼方砖厂辛安里 98 号的中国民主促进会，那是我们父辈的工作单位。暑假期间，我们常步行到那儿打乒乓球，顺便嘛，采摘一棵野梨树上的小酸梨。

一出三不老胡同口即德内大街，对面是我的小学所在的弘善胡同。东北角的小杂货铺发出信号，大脑中条件反射的红灯亮了，分泌出口水——上学路上，我常花两分钱买块糖，就着它把窝头顺进去。

沿德内大街南行百余步，过马路来到刘海胡同副食店。门外菜棚正处理西红柿，一毛钱四斤；还有凭本供应的咸带鱼，三毛八一斤，招来成群的苍蝇，挥之不去。我和一凡本想买两个流汤的西红柿，凑凑兜里的钢镚儿，咽了口唾沫走开。

沿刘海胡同向东，到松树街北拐，穿过大新开胡同时，在路边的公共厕所撒泡尿。那小便池上的尿碱味儿熏得人睁不开眼，我们像在水中练习憋气，蹿出好远才敢深呼吸，而花香沁人心脾——满地槐花。昨夜必是有雨，一潭潭小水洼折射出天光树影。

拐进柳荫街一路向北,这里尽是深宅大院,尽北头高大的围墙后面,据说是徐向前元帅的宅邸。在树荫下,我们买了两根处理小豆冰棍,五分钱两根,省了一分钱。可这处理冰棍软塌塌的,眼看要化了,顾不得细品冰镇小豆的美味儿,两口就吸溜进去,我们抻着脖子仰望天空,肚子咕噜噜响。

出了柳荫街是后海,豁然开朗。后海是什刹海的一部分,始于七百年前元大都时期。作为漕运的终点,这里曾一度繁花似锦。拐角处有棵巨大的国槐,为几个下象棋的人蔽荫。几个半大男孩正在捞蛤蜊,他们憋足气,跃起身往下扎猛子,脚丫蹬出水面,扑哧作响。岸边堆放着几只蛤蜊,大的像锅盖。蛤蜊散发着腥膻的怪味,似乎对人类发出最后的警告。

我们沿后海南沿,用柳枝敲打着湖边铁栏杆。宽阔的水面陡然变窄,两岸由一石桥连缀,这就是银锭桥。银锭观山,乃燕京八景之一。桥边有"烤肉季",这名扬天下的百年老店,对我等的神经是多大的考验:那烤羊肉的膻香味儿,伴着炭焦味儿及各种调料味儿随风飘荡,搅动我们的胃,提醒中午时分已近。

我们一溜烟穿过烟袋斜街,来到繁华的地安门大街。北望鼓楼,过马路向南走,途经地安门商场副食店,门口贴出告示:处理点心渣儿(即把各种点心的残渣集中出售),我们旋风般冲进去,又旋风般冲了出来,那点心渣儿倒是挺招人爱,可惜粮票和钢镚儿有限。

沿地安门大街左拐进方砖厂胡同，再沿辛安里抵达目的地。"中国民主促进会全国委员会"的牌子，堂而皇之地挂在那儿，怎么看怎么像一句反动口号。

我和一凡先到乒乓球室大战三盘，饥肠辘辘，下决心去摘酸梨垫垫肚子。那棵墙角的野梨树并没多高，三五个土灰色小梨垂在最高枝头。踩着一凡的肩膀我攀上树腰，再向更高的枝头挺进。眼看着快够到小梨，手背一阵刺痛，原来遭"洋刺子"的埋伏。

从树上下来，吮吸那蜇红的伤口，但无济于事。从兜里掏出那几个小梨，在裤子上蹭蹭，咬了一口，又酸又涩，满嘴是难以下咽的残渣。食堂开饭的钟敲响了，一股猪肉炖白菜的香味儿飘过来。

北平的庙会

文 / 张中行

　　因为在北平住过几年，而且曾经有过一个家，便有时被人看作"老北京"了。据说乡村人称老北京为"京油子"，意思是不务实际的人，取义似乎没有老北京来得客气、堂皇。

　　因为被人目为老北京，所以外乡的朋友常以怎样逛北平的问题来问。这问题假若由外宾引导员去答一定很简便，什么西山、北海、天坛、八达岭，等等，不上几天，便可逛完。但我总不以此种逛法为然，所以要答复也常不能使人满意，因为我是根本主张欲理解北平的文化是非住上三年五年不可的。

北平不比商埠，有洋房，有摩天楼，假若你到北平去找华丽的大楼，那你只有败兴。那么到北平应该逛什么呢？此非一二言所能尽：假若你对于历史有兴趣，你应该先知道这古城的家世，隋唐的塔、元明的庙不用说，就是商店，也不少几百年前的。北平也追时髦，然而时髦有个限度，譬如同仁堂的门前，砂锅居的肉锅，你是给他多少钱他也不会换的。

你说北平颓唐、衰老、不合时代，但她仍是这么古老下去，也许时代转换更能给她些光荣，正如秋天的枫叶，愈老愈红。所以你要逛，就须钻入她的内心，靠城根租一所房子，住上三年两年，你然后才有时间去厂甸，去鬼市，逛庙会，吃爆肚，喝豆汁，等等；不然你走马观花，专追名胜，那她只有给你一副残破相。

记得知堂先生说北平是元明以来的古城，总应该有很多好吃的点心。北平不只零吃多，可玩赏的地方也多，单说庙会吧：每旬的九、十、一、二是隆福寺，三是土地庙，五、六是白塔寺，七、八是护国寺，几乎天天有；如再加上正月初一的东岳庙，初二的财神庙，十七八的白云观，三月初三的蟠桃宫，你会说北平真是庙会的天下了。

鉴赏北平应该自己去看、去尝、去听，靠书本的引导就不行。不信你翻一翻《日下旧闻》《春明梦余录》，以及《北平游览指南》等书，关于庙会就很少记载，盖庙会根本不为高文厚册所看重也。

记庙会颇难，因其太杂。地大庙破，人多物杂，老远望去就觉得乱糟糟，进去以后更是高高低低，千门万户，东一摊，西一案，保你摸不着头脑。但你看久了以后，也会发现混乱之中正有个系统，嘈杂之中也有一定的腔调，然后你才会了解它，很悠闲地走进去，买你所要买的，玩你所要玩的，吃你所要吃的，你不忍离开它，散了以后，再盼着下一次。

赶庙会的买卖人是既非行商，又非坐贾，十天来一次，卖上两天又走了，正像下乡的粥戏班，到了演期，搭上台子，就若有其事地吆喝起来，等到会期一过，就云飞星散。庙会的末天的晚上，他们或推车，或挑担，离开这个庙，去到另一个庙，地方总新鲜，人与货仍是那一群。

庙会里货物的种类可真多，大至绸缎古玩，小至碎布烂铁，无论是居家日用，足穿头戴，或斗鸡走狗，花鸟虫鱼，无所不备。只要你有所欲，肯去，它准使你满意，而且价钱还便宜，不像大商店或市场，动不动就是几块钱。

庙会的交易时刻是很短的，从午后到日落，在此时以外没有人去，去也没有人卖。时间短而买卖多，所以显得特别匆忙。人们挨肩挤背地进去，走过每一个摊、每一个案。庙会的东西很少言不二价，常去的人自然知道哪一类东西诳多，哪一类东西诳少，看好了，给一个公道价，自然很快成交。

北平这城有她自己的文化，有她自己的风格，不管你来自天南海北，只要你在这里住久了，也会被她融化，染有她的习惯，染有她的情调，于是生活变成"北平的"了。然而在这同一北平的情调之中，也分成三、六、九等，譬如学生是一流，商贾是一流，而住家则另是一流也。

严格说起来：北平的情调应该拿住家来代表，也唯有住家的生活才真正够得上"北平的"，这一点不能详说了。——我总以为北平的地道精神不在东交民巷、东安市场、大学、电影院，这些在地道北平精神上讲起来只能算左道、摩登，北平容之而不受其化。任你有跳舞场，她仍保存茶馆；任你有球场，她仍保存鸟市；任你有百货公司，她仍保存庙会。

地道北平精神由住家维持，庙会为住家一流而设，所以庙会也很尽了维持之力。譬如以鞋为例：纵然有多少摩登女子去市场买高跟，然而住家碧玉仍然去庙会寻平底，她们走遍所有的鞋摊，躲在摊后去试，试好了，羞答答地走回家去，道上也许会遇见高跟鞋的女郎，但她们不羡慕这些，有时反倒厌恶，她们知道穿上那种鞋会被胡同里的人笑话，那是摩登，是胡闹。

市场是摩登，庙会是过日子。过日子与摩登大有分别，所以庙会的货物不求太精，只取坚而贱，由坚而贱中领略人生，消磨日子，自然会厌弃摩登，这是住家的可取处，也是庙会的可取处。由住家去庙会，买锅买炉，买鞋买袜，看戏吃茶，挑花选鸟，费钱不多，器用与享乐两备，真是长久过日子之道。摩登不解此，笑庙会嘈杂、卑下，左右无着，然后哭丧着脸，怨天尤人，皆是不解庙会，离开住家之病也。

庙会专为住家而设，所以十天中开上两天也就够了。住家中有老少男女，色目不同，趣味各异，庙会商人洞明住家情形，预备一切住家需要的东西，不管你是老翁、稚子，或管家的主妇、将出阁的姑娘，只要你去，它准使你有所欲，或买或玩，消磨半日，眉开眼笑地回去。

你是闲人雅士，它有花鸟虫鱼；你是当家主妇，它有锅盆碗箸；你是顽童稚子，它有玩具零食；你是娇媚姑娘，它有手帕脂粉。此外你想娱乐，它有地班戏，戴上胡子就算先生，抹上白粉就算花旦，虽然不好，倒也热闹，使你发笑，使你轻松。

就按我自己来说，是非常爱庙会的，每次都是高高兴兴地去，我想旁人也应该是这样。人生任有多少幻想，也终不免于过小家日子，这是快乐的事，也是严肃的事，而庙会正包含这两种情调，所以我爱它，爱每一个去庙会的人。有一次，我从庙会里买回两只鸟，用手提着向家里走，路上常常有人很亲切地问："这只鸟还好哇，多少钱？"我一个个地答复，有时谈得亲热了，不得不伫立在道旁，听他的批评、他的意见，有些人甚至唠唠叨叨地说起他的养鸟历史，热切地把他的经验告诉我，看样这些人也是常去庙会的。庙会使人们亲密、结合，系住每一个人的心。

常听离开北平的人说："在北平时不觉得怎么样，才一离开，便想得要命。"我自与北平别，便觉得此话千真万确。闲时想了想，北平的事物几乎样样值得怀念，而庙会就是其一。

这大概是现在还不能不过小家日子之故，锅盆碗箸，为我所用，花鸟虫鱼，为我所喜，然今皆不习见，即见，亦不若庙会之亲切。爱而至于不忘，此即北平之魄力乎？此中意境，恐非登西山、跑北海，奔波三五日即离开的朋友所能理解也。

一九三六年五月九日于南开

仁山智水

文 / 舒婷

　　承蒙山西同行盛情，我们几个写作人暑期应邀参加采风。五台山寒气砭骨，应县悬空寺大雨倾盆，云冈石窟外阳光酷热，众佛居所却是一片沁凉。归途心血来潮又钻进张家界，个个鞋子都开了口，双颊贴着太阳斑回家。

　　朋友见面寒暄：五台山好玩吗？张家界不负盛名吧？不久有人打探出舒婷根本不会玩，只会带带孩子。

　　也不争辩。

　　男人们去登山，衬衫鞋袜均可以漏却，唯照相机绝不会忘记，而且往往交叉背数台，好像长短猎枪全副武装。进入风景区，四下里抢镜头，生怕不赶紧套住，那奇峰峻岭将一溜烟跑开去。男人一上制高点，一览群峰小，就忘形，就慷慨激昂，就不停地"挥斥方遒，指点江山"，活脱脱一副征服者嘴脸。不信你看那些篆刻碑文题字，无一不出自大男人手笔。若要说古代女辈本不入流，那么时下在古树老竹甚至残垣断堞上写××到此一游，十有九个是现代男儿又怎么说？

刚上五台山，男人们立刻被它近百个寺庙所倾倒，恨不得两天内东南西北台一并揽在怀里。可惜时间太短，怏怏然离去，听他们满车上咂舌，眼中已无他山。等进了张家界，猛抬头，只见夜空展现一轴巨幅山水画，随着月光与云的游动而变幻不定，他们都张大了嘴，然后极力对其他名山嗤之以鼻，甚至将自家武夷山也狠贬一通以讨好新欢，真乃男人喜新厌旧之本性也。

那日在五台山，雨下一阵停一阵，山随之忽而清明忽而影绰，江雾弱岚游曳其间。大家都去朝拜名胜，我怕儿子体弱，影响众人脚程，自带孩子在住所旁的小河边走走。河越走越浅越急，渐渐变成嶙峋的溪再变成水晶纹的泉。水边野生植物蔓衍丛繁，有牛蒡、野菊和青紫嫣黄各色小花。儿子攀高跃低，快活疯了，大喊大叫。一驼一驼峰峦不惊不诧，却浑然拙朴，如光头和尚肩挤肩拥立四周。我慢慢踩在冒水泡的草滩上，到处都是咕噜咕噜的泉声。

下午，同伴们回来，无论他们的口气多么骄傲，都不搅我心中那份宁静与恬适。好比众人都在听那长篇讲座而崇拜那人的口才，而唯有散座后偶尔相视，才能体会他内心的软弱与深沉。大自然给人的赠礼各不相同，男人们猴急，好比乘车，明知人人有座，照例先乱挤一通，把车门都挤窄了。女人在领受自己那一份时感谢地低下头。

女人与山水，少了一股追捕似的穷凶极恶状。与男人目光熠熠相比，女人多半闭着眼睛，浑身毛孔却是张开的。男人重形式，女人偏内容。比如雁荡山的风润而轻，五台山的风潮而尖，张家界的山滞而绵；还可以说武夷山的水是怎样率真，猛洞河的水是如何矜持；说庐山松与黄山松在落叶时分各有凄清与潇洒。

其实山水并非布匹，可以一段一段割开来裁衣。心境的差异，犹如不同程度的光，投在山水上，返变出千变万化的景观来。

常常想，从容对一峰夕照凝然比匆匆抢占几座山包对我更具魅力。可是现代人哪来山中不知人间岁月的神仙日子，假期三五天，多走一个地方就是多了份记忆收藏。张家界旅游一周，仅路上乘汽车来回就用去四天，颠得浑身骨头支离，还要立刻去爬山。因此离去时人人怀有诀别的味道。交通如此艰难，下次再有假期，又急急奔向另一处地方了。

说实话，最艰难的并非交通，而是假期，还有就是银子够不够的问题了。

无论公访私出，我与丈夫常常分道扬镳，他去博览，我来精读。他往往循章直奔代表作，拿来炫耀，不外是某古塑某建筑某遗址，我均掩耳。我自己的心得只能算些夹页，描述不得。丈夫恨铁不成钢，痛斥我没文化。

有文化的男人造出"游山玩水"一词。政治玩得，战争玩得，山水自然玩得溜溜转。没有文化的女人们常常没有运气游历山水，只好以拥有一窗黛山青树为福气。两者均不具备的女人最担心的是，把丈夫（或者丈夫把他自己）当作一座巍巍高峰，隔断了她与大自然的那份默契。

男人们向山汹汹然奔去。

山随女人娓娓而来。

旗袍吟

文 / 程乃珊

　　要说上海女人的经典形象，十有八九总仍脱离不了斜襟上插着一束麻纱绢头、手执檀香扇的旗袍女士。近百年来，不论在战火的硝烟之中，还是黑白颠倒的乱世，直到百花齐放的今天，上海女人就是这样，在历史板块的碰撞下，在传统与现代间、东方与西方间、约束与开放间、规范与出位间，一身承载着历史的沧桑和现代的亮点，婉转而行，迂回展步……那婀娜的旗袍身影，弥漫着浓郁的上海百年风情，成为注入西方元素的东方文化最感性的写照，是中国特色的社会主义最温柔的注释！

　　遗憾的是，作为上海女人经典形象的旗袍女士，在现实中，却是少之又少。都讲上海人什么都敢穿，时下吊带裙、露脐装、内衣外穿，还有热裤、超短裙……偏就是满街罕见旗袍身影！

上海女人天生是应该穿旗袍的！上海女人白皙细腻的皮肤，相对高头大马的洋妇要娇小玲珑，凹凸有致的身形，天生就是应该穿旗袍的！旗袍看似密实，其实最是性感，含蓄之中，流闪着几丝只有在线装小说绣像插图中的仕女才有的清幽，因而连带旗袍的性感都是一种恬泰的靓丽！

上海近代旗袍如上海的石库门，其实根本已是西洋化的了，唯有在领口、门襟、工艺保留有中国传统女装的精华。旗袍在未传入上海前，只是一件肥大的没有腰身的与男装无异的褂子。进入上海后，上海师傅将西方时装的元素如打褶、收腰、装垫肩等注入进去，一如将欧洲的百叶窗和窗饰及门楣纹饰注入建筑设计而形成上海特色的石库门房子一样的道理，令上海旗袍走出传统女装不注重人体线条美的迂腐陈章，从此进入时装的行列。

须知并不是所有的上海旗袍都具备时装特色的。

旗袍师傅如考钢琴等级一般，大有讲究。一种是从前叫到家里来做的女裁缝，一种就是正式吃过萝卜干饭的男裁缝，他们也做驻家裁缝。通常女裁缝都没有什么专业水准，只会一张嘴巴满口生花，做"生活"倒在其次，给当时少社交的老式上海主妇聊天解厌气是真的。她们做的旗袍，直筒式没有样子，这种旗袍不是今天意义上的旗袍。

一般男裁缝一定是拜过师傅的，也有做驻家的。做的活大多是夹的棉的男女中装，旗袍也做的，但他们接触的时髦女人少，故而做出的旗袍也是样子土土的，没有创意，也不肯改革。

一等的旗袍师傅是不做驻家的，他们大都自己有一只铺面开在旧租界地的小马路上，他们不仅做旗袍，一定也做大衣，而且单一色做女装不做男装。他们通常都是在"鸿翔""朋街"做过师傅。中国人都宁为鸡头不做牛尾，做了几年有了固定的客户群，有了一定口碑，有了一点资金，就辞了工出来自己做。通常他们自己亲自出来接生活，量体裁剪试样等重要环节由他们亲自把关，其他就交由小学徒做。他们既是老板又是设计师还是公关经理，走出来也是登登样样的注重仪表，穿得"山清水秀"的，是上海先生中一簇颇有特色的男性。

这批人后来不少在一九四九年后南下香港，香港的"上海师傅"品牌，就是他们打出来的，很是发了一发。当年笔者祖母的一个相熟旗袍师傅叫"小毛师傅"的，笔者在港再见他时，已是开"宝马"在九龙尖沙咀某五星级酒店内，租有两只门面的专接来料加工的时装店老板。一部香港电影《花样年华》，令他生意应接不暇，当然今天他已不用亲自操刀了。

留在上海的这批旗袍人才日子也挺好过，过往的老客户都是拿定息的或领高薪的资产阶级太太。旗袍在上海，直到"文革"前的一九六五年，仍在小圈子内流行，那时逢喜宴生日宴，女宾仍穿旗袍。穿裤装出席，中年上海太太会觉得不够庄重。她们自然不会去国营店做的，工钱又贵衣裳又不知最后转批到哪里去做，还是叫回跟了自己几十年的老师傅工余去接生活。当时一件旗袍做工四五元，那些老师傅每个月的工资才只有六七十元，是一笔很可观的"外快"呢。"文革"开始割资本主义尾巴，把他们的外快也割掉。待到邓小平复出后，时局相对稳定了，他们又出来了，找回自己的老主顾。所以讲，上海女人和她们相熟的理发师、裁缝师的关系，坚贞不移，是一种一辈子的追随。

那时我们家一个相熟师傅是"绿屋夫人时装沙龙"出身的，后来在上海时装公司工场间做大路货，我们叫他周裁缝，常会叫他来做衣服。为了怕给割资本主义尾巴把他割掉，后来改口叫他周彩凤，听起来像女人名字，是周裁缝的谐音。需要时扔一张明信片给他：周彩凤，明天晚上来我家白相。他就心领神会了。

那个时候，旗袍自然是不做了，但我们会将海外亲友寄来的时髦衣裤照片给他参考，做出的两用衫西装裤就是不一样。我们称赞不已，他却觉得十分冤屈——简直是杀鸡用牛刀！

周彩凤也连声叹息："唉，我做了半世纪旗袍，白白里了！再也没人会穿旗袍了，就是有了，也没人穿得像了。喏，这种年轻人……"说着向我努努嘴。我听了还很不服气。

现在想想，他的话一点也没讲错。

八十年代，开放了，我立马请周彩凤帮我做了几件旗袍，但穿在身横看竖看，总觉得穿不出妈妈当年的风韵，是不是周彩凤的技术生疏了！

已垂垂老矣的他幽幽地说："穿旗袍，需要内功的！"

我这才记起当年他讲过，旗袍是衣中贵族，那股贵气不在衣料本身是否名贵，而在做工的精巧和穿衣人的内功。

近年上海的社交活动越来越频繁，级数也在上升，不少请柬上都明文指定，请正装出席。男人好办，一身西装满世界走。女人怎么办？特别我们这些中年女人，已常常被报刊的时尚版冷嘲热讽。昨天刚刚又看到一份报纸的时尚版，看似教中年女人如何打扮，骨子里是满腔蔑视，甚至提高到"严重污染了城市环境"的地步。

中年女人没这么糟吧！起码，中年女人穿旗袍，要比年轻女人多几分内功。而且对我们中年女人，袒胸露臂是自暴其短，穿套装又太古板，旗袍是我们最好的选择。

我的画家好友刘思也是个旗袍发烧友，近年她为我设计了好几件旗袍，其中还有手绘的，然后找了个中年裁缝严格把关教他如何制，效果不错。特别一件红花布翠绿滚条的，大红配大绿，俗到极点，负负得正，反成别致。那日遇到张培，她原来也旗袍情结十分深，谈到旗袍，越讲越投机，忽然生出奇想：让旗袍回到上海女人身上吧！

旗袍令女人自信，令女人在公众场合更注意仪态举止，女人穿上旗袍会格外注意到鞋和头发的整齐清洁，女人穿上旗袍会显得特别温婉贤惠！

报端讲，上海奇缺西菜厨师，我则认为，上海还奇缺一辈如周彩凤那样的手艺又有现代审美观念和裁剪技艺的专业现代旗袍工艺师！上海旗袍只有八十余年历史，还很年轻，她不应如日本的和服样已抽离生活，她应成上海一道流动的丽色，既可在社交场合展靓，也可在上海大街小巷闪现……

拜托了，新一代时装工艺师，让旗袍回到上海女人身上吧！

撕日历的日子

文 / 迟子建

又是年终的时候了，我写字台上的台历一侧高高隆起，而另一侧却薄如蝉翼，再轻轻翻几下，三百六十五天就在生活中沉沉谢幕了。

厚厚的那一侧是已逝的时光，由于有些日子上记着一些人的地址和电话，以及偶来的一些所思所感，所以它比原来的厚度还厚，仿佛说明着已去岁月的沉重。它有如一块沉甸甸的砖头，压在青春的心头，使青春慌张而疼痛。

发明台历的人大约是个年轻人，岁月于他来讲是漫长的，所以他让日子在长方形的铁托架上左右翻动，不吝惜时光的消逝，也不怕面对时光。当一年万事大吉时，他会轻轻松松地把那一摞用过的台历捆起，随便扔到什么地方让它蒙尘，因为日子还多得是呢。而对于中老年人来说，看着那一摞摞用过的台历，也许会有一种人生如梦的沧桑感。

于是想到了撕日历。

小的时候，我家总是挂着一个日历牌，我妈妈叫它"阳历牌"，我们称它"月份牌"。那是个硬纸板裁成的长方形的彩牌，上面是嫦娥奔月的图画：深蓝的天空，一轮无与伦比的圆月，一些隐约的白云以及袅娜奔月的嫦娥飘飞的裙裾。下面是挂日历的地方，纸牌留着一双细眯的眼睛等着日历背后尖尖的铁片插进去，与它亲密的吻合。那时候我每天最喜欢做的事情就是撕日历。早晨一睁开眼，便听得见灶房的柴禾噼啪作响，有煮粥或贴玉米饼子的香味飘来。这基本上是善于早起的父亲弄好了一家人的早饭。我爬出被窝的第一件事不是穿衣服，而是赤脚踩着枕头去撕钉在炕头被架子一侧的月份牌，凡是黑体字的日子就随手丢在地上，因为这样的日子要去上学，而到了红色字体的日子基本上都是星期天，我便捏着它回到被窝，亲切地看着它，觉得上面的每一个字母都漂亮可爱，甚至觉得纸页泛出一股不同寻常的香气。于是就可以赖着被窝不起来，反正上课的钟在这一天成了哑巴，可以无所顾忌地放纵自己。有时候父亲就进来对炕上的人喊："凉了凉了，起来了！""凉了"不是指他，是指他做的饭。反正灶坑里有火，凉了再热，于是仍然将头缩进被窝，那张星期日的日历也跟了进来。父亲是狡猾的，他这时恶作剧般地把院子中的狗放进睡房，狗冲着我的被窝就摇头摆尾地扑来，两只前爪搭着炕沿，温情十足地呜呜叫着，你只好起来了。

有时候我起来后去撕日历，发现它已经被人先撕过了，于是就很生气，觉得这一天的日子都会没滋味，仿佛我不撕它就不能拥有它似的。

撕去的日子有风雨雷电，也有阳光雨露和频降的白雪。撕去的日子有欢欣愉悦，也有争吵和悲伤。虽然那是清贫的时光，但因为有一个团圆的家，它无时不散发出温馨气息。被我撕掉的日子有时飘到窗外，随风飞舞，落到鸡舍的就被鸡一轰而啄破，落到猪圈的就被猪拱到粪里也成为粪。命运好的落在菜园里，被清新的空气滋润着，而最后也免不了被雨打湿，沤烂后成为泥土。

有会过日子的人家不撕日历，用一根橡皮筋勒住月份牌，将逝去的日子一一塞进去，高高吊起来，年终时拿下来就能派上用场。有时女人们用它给小孩子擦屁股，有时候老爷爷用它们来卷黄烟。可我们家因为有我那双不安分的手，日子一个也留不下来，统统飞走了。每当白雪把家院和园田装点得一派银光闪闪的时候，月份牌上的日子就薄了，一年就要过去了，心中想着明年会长高一些，辫子会更长一些，穿的鞋子的尺码又会大上一号，便有由衷的快乐。新日子被整整齐齐地装订上去后，嫦娥仍然在日复一日地奔月，那硬纸牌是轻易不舍得换的。

　　长大以后，家里仍然使用月份牌，只是我并不那么有兴趣去撕它了，可见长大也不是什么好事情。待到上了师专，住在学生宿舍，根本没日历可看，可日子照样过得一个不错。也就是在那一时期，商店里有台历卖了，于是大多数人家就不用月份牌了。我自然而然地结束了撕日历的日子。

　　我在哈尔滨生活的这几年才算像模像样过起了日子，每天早晨起来的第一件事就是翻台历，让它由一侧到另一侧。当两侧厚薄几乎相等时，哈尔滨会进入最热的一段日子。年终时我将用过的台历用线绳串起，然后放到抽屉里保存起来。台历上有些字句也分外有趣，如一九九三年二月十四日记载着"不慎打碎一只花碗"；而二月二十八日则写着"一夜未睡好，梦见戒指断了，起床后发现下雪了"；八月二十八日是"天边出现双彩虹，苦瓜汤真好喝"！

　　到了一九九四年的一月十九日，是腊月初八的日子，东北人喜欢这天煮"腊八粥"，我在这天的日历上记着："煮八宝粥。材料：大米、小米、绿豆、小楂子、葡萄干、核桃仁、大枣、花生"。三月三日写着"武则天墓被万人践踏，只因为她践踏了万人"。而七月十一日是"德国队以1：2败给保加利亚队。保加利亚用火一样的激情焚烧了陈旧的德国战车"（好像引自一位体育评论记者之言）。

　　台历有意无意成了我的简易日记本，当然就更加有收藏价值了。

　　不管多么不愿意面对逝去的日子，不管多么不愿意让青春成为往事，可我必须坦然面对它。当我串起一九九五年的台历，将一九九六年散发着墨香气的日子摆在铁皮架上时，我仍然会在上面简要抒写一些我的所作所为、所思所感的。如果能把幼时已撕去的日历一一拾回，也许已故的父亲就会复活，他又会放一条狗进我的睡房催我起床，也许我家在大固其固的那个已经荒芜了的院落又会变得绿意盈门。但日子永远都是：过去了的就成为回忆。

　　可它毕竟深深地留在了心底。当我年事已高，将台历的日子看花了，翻台历的手哆嗦不已时，嫦娥肯定还在奔月。

谈
吃

这个世界给人弄得混乱颠倒，

到处是摩擦冲突，

只有两件最和谐的事物总算是人造的：

音乐和烹调。

五味

文/汪曾祺

山西人真能吃醋！几个山西人在北京下饭馆，坐定之后，还没有点菜，先把醋瓶子拿过来，每人喝了三调羹醋。邻座的客人直瞪眼。有一年我到太原去，快过春节了。别处过春节，都供应一点好酒，太原的油盐店却都贴出一个条子："供应老陈醋，每户一斤。"这在山西人是大事。

山西人还爱吃酸菜，雁北尤甚。什么都拿来酸，除了萝卜白菜，还包括杨树叶子、榆树钱儿。有人来给姑娘说亲，当妈的先问，那家有几口酸菜缸。酸菜缸多，说明家底子厚。

辽宁人爱吃酸菜白肉火锅。

北京人吃羊肉酸菜汤下杂面。

福建人、广西人爱吃酸笋。我和贾平凹在南宁，不爱吃招待所的饭，到外面瞎吃。平凹一进门，就叫："老友面！""老友面"者，酸笋肉丝氽汤下面也，不知道为什么叫作"老友"。

傣族人也爱吃酸，酸笋炖鸡是名菜。

延庆山里夏天爱吃酸饭。把好好的饭焐酸了，用井拔凉水一和，呼呼地就下去了三碗。

都说苏州菜甜，其实苏州菜只是淡，真正甜的是无锡。无锡炒鳝糊放那么多糖！包子的肉馅里也放很多糖，没法吃！

四川夹沙肉用大片肥猪肉夹了洗沙蒸，广西芋头扣肉用大片肥猪肉夹芋泥蒸，都极甜，很好吃，但我最多只能吃两片。

广东人爱吃甜食。昆明金碧路有一家广东人开的甜品店，卖芝麻糊、绿豆沙，广东同学趋之若鹜。"番薯糖水"即用白薯切块熬的汤，这有什么好喝的呢？广东同学曰："好嘢！"

北方人不是不爱吃甜，只是过去糖难得。我家曾有老保姆，正定乡下人，六十多岁了。她还有个婆婆，八十几了。她有一次要回乡探亲，临行称了二斤白糖，说她的婆婆就爱喝个白糖水。

北京人很保守，过去不知苦瓜为何物，近年有人学会吃了。菜农也有种的了。农贸市场上有很好的苦瓜卖，属于"细菜"，价颇昂。

北京人过去不吃蕹菜，不吃木耳菜，近年也有人爱吃了。

北京人在口味上开放了！

北京人过去就知道吃大白菜。由此可见，大白菜主义是可以被打倒的。

北方人初春吃苣荬菜。苣荬菜分甜荬、苦荬，苦荬相当的苦。

有一个贵州的年轻女演员上我们剧团学戏，她的妈妈不远迢迢给她寄来一包东西，是"者耳根"，或名"则尔根"，即鱼腥草。她让我尝了几根。这是什么东西？苦，倒不要紧，它有一股强烈的生鱼腥味，实在招架不了！

剧团有一干部，是写字幕的，有时也管杂务。此人是个吃辣的专家。他每天中午饭不吃菜，吃辣椒下饭。全国各地的，少数民族的，各种辣椒，他都千方百计地弄来吃。剧团到上海演出，他帮助搞伙食，这下好，不会缺辣椒吃。原以为上海辣椒不好买，他下车第二天就找到一家专卖各种辣椒的铺子。上海人有一些是能吃辣的。

我的吃辣是在昆明练出来的，曾跟几个贵州同学在一起用青辣椒在火上烧烧，蘸盐水下酒。平生所吃辣椒之多矣，什么朝天椒、野山椒，都不在话下。我吃过最辣的辣椒是在越南。一九四七年，由越南转道往上海，在海防街头吃牛肉粉。牛肉极嫩，汤极鲜，辣椒极辣，一碗汤粉，放三四丝辣椒就辣得不行。这种辣椒的颜色是橘黄色的。在川北，听说有一种辣椒本身不能吃，用一根线吊在灶上，汤做得了，把辣椒在汤里涮涮，就辣得不得了。云南佤族有一种辣椒，叫"涮涮辣"，与川北吊在灶上的辣椒大概不相上下。

四川不能说是最能吃辣的省份，川菜的特点是辣而且麻——搁很多花椒。四川的小面馆的墙壁上黑漆大书三个字：麻辣烫。麻婆豆腐、干煸牛肉丝、棒棒鸡，不放花椒不行。花椒得是川椒，捣碎，菜做好了，最后再放。

周作人说他的家乡整年吃咸极了的咸菜和咸极了的咸鱼。浙东人确是吃得很咸。有个同学，是台州人，到铺子里吃包子，掰开包子就往里倒酱油。口味的咸淡和地域是有关系的。北京人说南甜北咸东辣西酸，大体不错。河北、东北口重，福建菜多很淡。但这与个人的性格习惯也有关。湖北菜并不咸，但闻一多先生却嫌云南蒙自的菜太淡。

中国人过去对吃盐很讲究，如桃花盐、水晶盐，"吴盐胜雪"，现在则全国都吃再制精盐。只有四川人腌咸菜还坚持用自贡产的井盐。

我不知道世界上还有什么国家的人爱吃臭。

过去上海、南京、汉口都卖油炸臭豆腐干。长沙火宫殿的臭豆腐因为一个大人物年轻时常吃而出了名。这位大人物后来还去吃过，说了一句话："火宫殿的臭豆腐还是好吃。""文化大革命"中火宫殿的影壁上就出现了两行大字：

最高指示：
火宫殿的臭豆腐还是好吃。

我们一个同志到南京出差，他的爱人是南京人，嘱咐他带一点臭豆腐干回来。他千方百计，居然办到了。带到火车上，引起一车厢的人强烈抗议。

除豆腐干外，面筋、百叶（千张）皆可臭。蔬菜里的莴苣、冬瓜、豇豆皆可臭。冬笋的老根咬不动，切下来随手就扔进臭坛子里。——我们那里很多人家都有个臭坛子，一坛子"臭卤"。腌芥菜挤下的汁放几天即成"臭卤"。臭物中最特殊的是臭苋菜杆。苋菜长老了，主茎可粗如拇指，高三四尺，截成二寸许小段，入臭坛。臭熟后，外皮是硬的，里面的芯成果冻状。嚼住一头，一吸，芯肉即入口中。这是佐粥的无上妙品。我们那里叫作"苋菜秸子"，湖南人谓之"苋菜咕"，因为吸起来"咕"的一声。

北京人说的臭豆腐指臭豆腐乳。过去是小贩沿街叫卖的："臭豆腐，酱豆腐，王致和的臭豆腐。"臭豆腐就贴饼子，熬一锅虾米皮白菜汤，好饭！现在王致和的臭豆腐用很大的玻璃方瓶装，很不方便，一瓶一百块，得很长时间才能吃完，而且卖得很贵，成了奢侈品。我很希望这种包装能改进，一器装五块足矣。

我在美国吃过最臭的"气死"（干酪），洋人多闻之掩鼻，对我来说实在没有什么，比臭豆腐差远了。

甚矣，中国人口味之杂也，敢说堪为世界之冠。

我与酒

文 / 莫言

　　三十多年前，我父亲很慷慨地用十斤红薯干换回两斤散装的白酒，准备招待一位即将前来为我爷爷治病的贵客。父亲说那贵客是性情中人，虽医术高明，但并不专门行医。据说他能用双手同时写字——一手写梅花篆字，一手写蝌蚪文——极善饮，且通剑术。酒后每每高歌，歌声苍凉，声震屋瓦。歌后喜舞剑，最妙的是月下舞，只见一片银光闪烁，全不见人在哪里。这位侠客式的人物，好像是我爷爷的姥姥家族里的人，不唯我们这一辈的人没有见过，连父亲他们那一辈也没见过。爷爷生了膀胱结石——当时以为尿了蚂蚁窝——求神拜佛，什么法子都用过了，依然不见好转。痛起来时他用脑袋撞得墙壁嘭嘭响，让我们感到惊心动魄。爷爷的哥哥——我们的大爷爷——是乡间的医生，看了他弟弟这病状，高声说："没有别的法子，只好去请'大咬人'了。轻易请不动他，但我们是老亲，也许能请来。"大爷爷说这位"大咬人"喜好兵器，动员爷爷把分家分到他名下的那柄极其锋利的单刀拿出来，作为进见礼。爷爷无奈，只好答应，让父亲从梁头上把那柄单刀取下来。父亲解开十几层油纸，露出一个看上去很粗糙的皮鞘。大爷爷抽出单刀，果然是寒光闪闪，冷气逼人。据说这是一个太平军将领遗下来的，是用人血喂足了的，永不生锈，是否能在匣中呼啸，我们不知道。大爷爷把单刀藏好，骑上骡子，背上干粮，搬那"大咬人"去了。"大咬人"自然就是那文能双手书法、武能月下舞剑的奇侠。父亲把酒放在窗台上，等着"大咬人"的到来。我们弟兄们，更是盼星星盼月亮一样盼着他。

盼了好久，也没盼到奇人，连大爷爷也一去无了踪影。爷爷的病日渐沉重，无奈，只好用小车推到人民医院，开了一刀，取出了一块木核桃大的结石，活了一条命。等爷爷身体恢复到能下河捕鱼时，大爷爷才归来。骡子没有了，据说是被强人抢去了，身上的衣服千丝万缕，像是在铁丝网里钻了几百个来回。那柄单刀竟奇迹般地没丢，但刀刃上崩了很多缺口，据说是与强人们格斗时留下的痕迹。奇侠"大咬人"自然也没有请到，我们的这位大爷爷，自身也是个富有浪漫精神的游侠，传说他曾只身潜入日本人的军营，偷出一匹像大山一样巍峨的洋马，他本想用这匹洋马改良家乡的马种，但偷出来才发现是匹骟过的马。他还很会扶乩。扶出过"东风息，波澜起"这样费解的话语。他也是极善饮的，曾与好友在坟墓间做豪饮，一夜喝了十二斤酒，大醉了三日方醒。

"大咬人"没来，爷爷的病也好了，那瓶白酒在窗台上显得很是寂寞。酒是用一个白色的瓶子盛着的，瓶口堵着橡胶塞子，严密得进不去空气。我经常地观察着那瓶中透明的液体，想象着那芳香的气味。有时还把瓶子提起来，一手攥着瓶颈，一手托着瓶底，发疯般地摇晃，然后猛地停下来，观赏那瓶中无数的纷纷摇摇的细小的珍珠般的泡沫。这样猛烈摇晃之后，似乎就有一缕酒香从瓶中溢发出来，令我垂涎欲滴。但我不敢偷喝，因为爷爷和父亲都没舍得喝，如果他们一时发现少酒，必将用严酷的家法对我实行毫不留情的制裁。

终于有一天，当我看了《水浒传》中那好汉武松一连喝了十八碗"透瓶香"，手持哨棒、踉踉跄跄闯上景阳冈与吊睛白额大虫打架的章节后，一股豪情油然而生。正好家中无人，我便用牙咬开那瓶塞子，抱起瓶子，先是试试探探地抿了一小口——滋味确是美妙无比——然后又恶狠狠地喝了一大口——仿佛有一团绿色的火苗子在我的腹中燃烧，眼前的景物不安地晃动。我盖好酒瓶子，溜出家门，头重脚轻、腾云驾雾般跑到河堤上。我嗬嗬怪叫着，心中的愉快无法形容。就那样嗬嗬地叫着在河堤上跑来跑去。抬头看天，看到了传说中的凤凰；低头看地，地上奔跑着麒麟；歪头看河，河里冒出了一片片荷花。荷花肥大如筐箩的叶片上，坐着一些戴着红肚兜兜的男孩。男孩的怀里，一律抱着条金翅赤尾的大鲤鱼……

从此，我一得机会便偷那瓶中的酒喝。为了防止被爷爷和父亲发现，每次偷喝罢，便从水缸里舀来凉水灌到瓶中。几个月后，那瓶中装的究竟是水还是酒，已经很难说清楚了。几十年后，说起那瓶酒的故事，我二哥嘿嘿地笑着坦白，偷那瓶酒喝的除了我以外还有他。当然他也是喝了酒回灌凉水。

我喝酒的生涯就这样偷偷摸摸地开始了。那时候真正的馋呀，村东头有人家喝酒，我在村西头就能闻到味道。有一次，竟将我一个当兽医的堂叔家的用来给猪打针消毒用的酒精偷着喝了，头晕眼花了好久，也不敢对家长说。长到十七八岁时，有一些赴喜宴的机会，母亲便有意识地派我去，是为了让我去饱餐一顿呢，还是痛饮一顿呢，母亲没有说，她只是让我去。其实我的二哥更有资格去，也许这就是天下爹娘向小儿的表现吧。有一次我喝醉了回来，躺在炕上。母亲正在炕的外边擀面条，我一歪头，吐了一面板。母亲没骂我，默默地把面板收拾了。又舀来一碗自家做的甜醋，看着我喝下去。我看到过许多妻子因为丈夫醉酒而大闹，由此知道男人醉酒是让女人极厌恶的事，但我几乎没看到过一次母亲因儿子醉酒而痛骂的。母亲是不是把醉酒看成是儿子的成人礼呢？后来当了兵，喝酒的机会多起来，但军令森严，总是浅尝辄止，不敢尽兴。我喝酒的高潮是写小说写出了一点名堂之后，时间大约是一九八六至一九八九年。这时，老百姓的生活水平有了很大的提高，官场上喝酒已经算不上腐败现象。每次我回故乡，都有赴不完的酒宴。每赴一次官宴，差不多就是被人扶回来的。这时，母亲忧虑地劝我不要喝醉。但我总是架不住别人的劝说，总感到别人劝自己喝酒是人家瞧得起自己，大有受宠若惊之感，不喝就像对不起朋友一样。而且，每每三杯酒下肚，便感到豪情万丈，忘了母亲的叮嘱和醉酒后的痛苦，"李白斗酒诗百篇""人生难得几次醉"等壮语在耳边轰轰地回响，所以，一劝就干，不劝也干，一直干到丑态百出。

一九八八年秋天的一个晚上，我与县里的一班哥们儿喝酒，一口气喝了四十二杯白酒，外带十几扎啤酒。第二天上午去酒厂参观，又喝了刚烧出来还没勾兑的热酒半铁瓢。中午又陪着一个记者喝了十几杯。当天下午，人们把我送到县医院，又是打吊针，又是催吐，抢救了大半天。这次醉酒，使我的身体受到了很大的伤害，在以后的很长一段时间里，一闻到酒味就恶心。从此喝酒谨慎了，但几杯酒下肚后，往往故态复萌，但醉到入院抢救的程度再也没有过。小时候偷酒喝时，心心念念地盼望着：何时能痛痛快快地喝一次呢？但八十年代中期以后，我对酒厌恶了。进入九十年代，胃病大发作，再也不敢多喝。有一段时间，干脆不喝了，无论你是多么铁的哥们儿，无论你用什么样的花言巧语相劝，也不喝。这样尽管伤了真心敬我的朋友的心，也让想灌醉我看我洋相的人感到失望，我自己的自尊心也受到损伤，但性命毕竟比别的更重要。不喝酒就等于退出了酒场中心，冷眼观察，旁观者清，才发现了酒场上有那么多的名堂。在某种意义上，酒场成了干部们的狂欢节，成了钩心斗角的战场。饮酒有术，劝酒也有方。那些层出不穷的劝酒词儿，有时把你劝得产生一种即便明知杯中是耗子药也要仰脖灌下去的勇气。在酒桌上，几个人联手把某人灌醉了，于是皆大欢喜，俨然打了一个大胜仗。富有经验的酒场老手，并不一定有很大的酒量，但却能保持不醉的纪录，这就需要饮酒的技术，这所谓的技术其实就是捣鬼。有时你明明看到他把酒杯子干了个底朝天，其实他连一滴也没喝到肚里。酒场捣鬼术名堂繁多，非有专门人才研究不可。我渐渐地感到，中国的酒场，已经成了罪恶的渊薮；而大多数中国人的饮酒，也变成一种公然的堕落。尤其是那些耗费着民脂民膏的官宴，更是洋溢着王朝末日奢靡之气，巨大的浪费，扭曲的心态，龌龊的言行，拙劣的表演，嘴上甜言蜜语，脚下使绊子，高举的酒杯里，似乎都盛着鲜血。与我有同感者多乎哉！但百姓的愤怒啥用也不管。酒厂如雨后春笋般往外冒，铺天盖地的酒广告，酒的广告费高到令老百姓瞠目结舌的程度。钱从哪里来？又到哪里去？还有那些假酒、毒酒、迷魂酒。酒酒酒，你的名字叫腐败，你的品格是邪恶。你与鸦片其实没有什么区别了。

　　我曾写过一部名叫《酒国》的长篇小说，试图清算一下酒的罪恶，唤醒醉乡中的人们，但这无疑是醉人做梦，隔靴搔痒。酒已经成为中国官场的润滑剂，如果不从根本上解决问题，大概也就真正成为酒国了吧？只有天知道！

　　我最近又开始饮酒，把它当成一种药，里边胡乱泡上一些中药，每日一小杯，慢慢地啜。我再也不想去官家的酒场上逞英雄了，也算是不惑之年后可圈可点的进步吧。

吃饭

文 / 钱锺书

　　吃饭有时很像结婚，名义上最主要的东西，其实往往是附属品。吃讲究的饭事实上只是吃菜，正如讨阔佬的小姐，宗旨倒并不在女人。这种主权旁移，包含着一个转了弯的、不甚朴素的人生观。辨味而不是充饥，变成了我们吃饭的目的。舌头代替了肠胃，作为最后或最高的裁判。不过，我们仍然把享受掩饰为需要，不说吃菜，只说吃饭，好比我们研究哲学或艺术，总说为了真和美可以利用一样。有用的东西只能给人利用，所以存在；偏是无用的东西会利用人，替它遮盖和辩护，也能免于抛弃。

柏拉图在《理想国》里把国家分成三等人，相当于灵魂的三个成分；饥渴吃喝是灵魂里最低贱的成分，等于政治组织里的平民或民众。最巧妙的政治家知道怎样来敷衍民众，把自己的野心装点成民众的意志和福利；请客上馆子去吃菜，还顶着吃饭的名义，这正是舌头对肚子的借口，仿佛说："你别抱怨，这有你的份！你享着名，我替你出力去干，还亏了你什么？"其实呢，天知道——更有饿瘪的肚子知道——若专为充肠填腹起见，树皮草根跟鸡鸭鱼肉差不了多少！真想不到，在区区消化排泄的生理过程里还需要那么多的政治作用。

古罗马诗人波西蔼斯（Persius）曾慨叹说，肚子发展了人的天才，传授人以技术（Magister artising eniquel argitor venter）。这个意思经拉柏莱发挥得淋漓尽致，《巨人世家》卷三有赞美肚子的一章，尊为人类的真主宰、各种学问和职业的创始和提倡者，鸟飞，兽走，鱼游，虫爬，以及一切有生之类的一切活动，也都是为了肠胃。人类所有的创造和活动（包括写文章在内），不仅表示头脑的充实，并且证明肠胃的空虚。饱满的肚子最没用，那时候的头脑，迷迷糊糊，只配作痴梦；咱们有一条不成文的法律：吃了午饭睡中觉，就是有力的证据。我们通常把饥饿看得太低了，只说它产生了乞丐、盗贼、娼妓一类的东西，忘记了它也启发过思想、技巧，还有"有饭大家吃"的政治和经济理论。德国古诗人白洛柯斯（B.H. Brockes）作赞美诗，把上帝比作"一个伟大的厨师傅（der gross Speisemeister）"，做饭给全人类吃，还不免带些宗教的稚气。弄饭给我们吃的人，绝不是我们真正的主人翁。这样的上帝，不做也罢。只有为他弄了饭来给他吃的人，才支配着我们的行动。譬如一家之主，并不是挣钱养家的父亲，倒是那些乳臭未干、安坐着吃饭的孩子；这一点，当然做孩子时不会悟到，而父亲们也绝不甘承认的。拉柏莱的话似乎较有道理。试想，肚子一天到晚要我们把茶饭来向它祭献，它还不是上帝是什么？但是它毕竟是个下流不上台面的东西，一味容纳吸收，不懂得享受和欣赏。人生就因此复杂了起来。一方面是有了肠胃而要饭去充实的人，另一方面是有饭而要胃口来吃的人。第一种人生观可以说是吃饭的；第二种不妨唤作吃菜的。第一种人工作、生产、创造，来换饭吃；第二种人利用第一种人活动的结果，来健脾开胃，帮助吃饭而增进食量。所以吃饭时要有音乐，还不够，就有"佳人""丽人"之类来劝酒；文雅点就开什么销寒会、销夏会，在席上传观法书名画；甚至赏花游山，把自然名胜来下饭，吃的菜不用说尽量讲究。有这样优裕的物质环境，舌头像身体一般，本来是极随便的，此时也会有贞操和气节了；许多从前惯吃的东西，现在吃了仿佛玷污清白，决不肯再进口。精细到这种田地，似乎应当少吃，实则反而多吃。假使让肚子做主，吃饱就完事，还不失分寸。舌头拣精拣肥，贪嘴不顾性命，结果是肚子倒霉受累，只好忌嘴，舌头也只能像李逵所说"淡出鸟来"。这诚然是它馋得忘了本的报应！如此看来，吃菜的人生观似乎欠妥。

不过，可口好吃的菜还是值得赞美的。这个世界给人弄得混乱颠倒，到处是摩擦冲突，只有两件最和谐的事物总算是人造的：音乐和烹调。一碗好菜仿佛一支乐曲，也是一种一贯的多元，调和滋味，使相反的分子相成相济，变作可分而不可离的综合。最粗浅的例像白煮蟹和醋，烤鸭和甜酱，或如西菜里烤猪肉（Roast pork）和苹果泥（Apple sauce）、渗鳖鱼和柠檬片，原来是天涯地角、全不相干的东西，而偏偏有注定的缘分，像佳人和才子，母猪和癞象，结成了天造地设的配偶、相得益彰的眷属。到现在，他们亲热得拆也拆不开。在调味里，也有来伯尼支（Leibniz）的哲学所谓"前定的调和"（Harmonia praes tabilita），同时也有前定的不可妥协，譬如胡椒和煮虾蟹、糖醋和炒牛羊肉，正如古音乐里，商角不相协，徵羽不相配。

音乐的道理可通于烹饪，孔子早已明白，所以《论语》上记他在齐闻《韶》，"三月不知肉味"。可惜他老先生虽然在《乡党》一章里颇讲究烧菜，还未得吃道三昧，在两种和谐里，偏向音乐。譬如《中庸》讲身心修养，只说"发而中节谓之和"，养成音乐化的人格，真是听乐而不知肉味人的话。照我们的意见，完美的人格，"一以贯之"的"吾道"，统治尽善的国家，不仅要和谐得像音乐，也该把烹饪的调和悬为理想。在这一点上，我们不追随孔子，而愿意推崇被人忘掉的伊尹。伊尹是中国第一个哲学家厨师，在他眼里，整个人世间好比是做菜的厨房。《吕氏春秋·本味篇》记伊尹以至味说汤那一大段，把最伟大的统治哲学讲成惹人垂涎的食谱。这个观念渗透了中国古代的政治意识，所以自从《尚书·顾命》起，做宰相总比为"和羹调鼎"，老子也说"治国如烹小鲜"。孟子曾赞伊尹为"圣之任者"，柳下惠为"圣之和者"，这里的文字也许有些错简。其实呢，允许人赤条条相对的柳下惠，该算是个放"任"主义者。而伊尹倒当得起"和"字——这个"和"字，当然还带些下厨上灶、调和五味的含义。

吃饭还有许多社交的功用，譬如联络感情、谈生意经，等等，那就是"请吃饭"了。社交的吃饭种类虽然复杂，性质极为简单。把饭给自己有饭吃的人吃，那是请饭；自己有饭可吃而去吃人家的饭，那是赏面子。交际的微妙不外乎此。反过来说，把饭给予没饭吃的人吃，那是施食；自己无饭可吃而去吃人家的饭，赏面子就一变而为丢脸。这便是慈善救济，算不上交际了。至于请饭时客人数目的多少，男女性别的配比，我们改天再谈。

但是趣味洋溢的《老饕年鉴》（*Almanachdes Courmands*）

里有一节妙文，不可不在此处一提。这八小本名贵稀罕的奇书，在研究吃饭之外，也曾讨论到请饭的问题。大意说：我们吃了人家的饭该有多少天不在背后说主人的坏话，时间的长短按照饭菜的质量而定；所以做人应当多多请客吃饭，并且吃好饭，以增进朋友的感情，减少仇敌的毁谤。这一番议论，我诚恳地介绍给一切不愿彼此成为冤家的朋友，以及愿意彼此变为朋友的冤家。至于我本人呢，恭候诸君的邀请，努力奉行猪八戒对南山大王手下小妖说的话："不要拉扯，待我一家家吃将来。"

喝茶

文 / 杨绛

　　曾听人讲洋话，说西洋人喝茶，把茶叶加水煮沸，滤去茶汁，单吃茶叶，吃了咂舌道："好是好，可惜苦些。"新近看到一本美国人做的茶考，原来这是事实。茶叶初到英国，英国人不知怎么吃法，的确吃茶叶渣子，还拌些黄油和盐，敷在面包上同吃。什么妙味，简直不敢尝试。以后他们把茶当药，治伤风，清肠胃。

　　不久，喝茶之风大行，一六六〇年的茶叶广告上说："这刺激品，能驱疲倦，除噩梦，使肢体轻健，精神饱满。尤能克制睡眠，好学者可以彻夜攻读不倦。身体肥胖或食肉过多者，饮茶尤宜。"莱登大学的庞德戈博士（Dr Cornelius Bontekoe）应东印度公司之请，替茶大做广告，说茶"暖胃，清神，健脑，助长学问，尤能征服人类大敌——睡魔"。他们的怕睡，正和现代人的怕失眠差不多。怎么从前的睡魔，爱缠住人不放；现代的睡魔，学会了摆架子，请他也不肯光临。传说，茶原是达摩祖师发愿面壁参禅，九年不睡，天把茶赏赐他帮他偿愿的。胡峤《饮茶诗》："沾牙旧姓余曾氏，破睡当封不夜侯。"汤况《森伯颂》："方饮而森然严乎齿牙，既久而四肢森然。"可证中外古人对于茶的功效所见略同。只是茶味的"余甘"，不是喝牛奶红茶者所能领略的。浓茶掺上牛奶和糖，香冽不减，而解除了茶的苦涩，成为液体的食料，不但解渴，还能疗饥。

不知古人茶中加上姜盐，究竟什么风味，卢同一气喝上七碗的茶，想来是叶少水多，冲淡了的。诗人柯立治的儿子，也是一位诗人，他喝茶论壶不论杯。约翰生博士也是有名的大茶量。不过他们喝的都是甘腴的茶汤。若是苦涩的浓茶，就不宜大口喝，最配细细品。照《红楼梦》中妙玉的论喝茶，一杯为品，二杯即是解渴的蠢物。那么喝茶不为解渴，只在辨味。细味那苦涩中一点回甘。记不起哪一位英国作家说过，"文艺女神带着酒味""茶只能产生散文"。

而咱们中国诗，酒味茶香，兼而有之，"诗清只为饮茶多"。也许这点苦涩，正是茶中诗味。法国人不爱喝茶。巴尔扎克喝茶，一定要加白兰地。《清异录》载符昭远不喜茶，说"此物面目严冷，了无和美之态，可谓冷面草"。茶中加酒，使有"和美之态"吧？美国人不讲究喝茶，北美独立战争的导火线，不是为了茶叶税么？因为要抵制英国人专利的茶叶进口。美国人把几种树叶炮制成茶叶的代用品。至今他们茶室里，顾客们吃冰淇淋喝咖啡和别的混合饮料，内行人不要茶；要来的茶，也只是英国人所谓"迷昏了头的水（Bewitched Water）而已"。

好些美国留学生讲卫生不喝茶，只喝白开水，说是茶有毒素。代用品茶叶中该没有茶毒。不过对于这种茶，很可以毫无留恋地戒绝。伏尔泰的医生曾劝他戒咖啡，因为"咖啡含有毒素，只是那毒性发作得很慢"。伏尔泰笑说："对啊，所以我喝了七十年，还没毒死。"唐宣宗时，东都进一僧，年百三十岁，宣宗问服何药，对曰，"臣少也贱，素不知药，唯嗜茶"。因赐名茶五十斤。看来茶的毒素，比咖啡的毒素发作得更要慢些。爱喝茶的，不妨多多喝吧。

吃瓜子

文 / 丰子恺

　　从前听人说：中国人人人具有三种博士的资格：拿筷子博士、吹煤头纸博士、吃瓜子博士。

　　拿筷子，吹煤头纸，吃瓜子，的确是中国人独得的技术。其纯熟深造，想起了可以使人吃惊。这里精通拿筷子法的人，有了一双筷，可抵刀锯叉瓢一切器具之用，爬罗剔抉，无所不精。这两根毛竹仿佛是身体上的一部分，手指的延长，或者一对取食的触手。用时好像变戏法者的一种演技，熟能生巧，巧极通神。不必说西洋了，就是我们自己看了，也可惊叹。至于精通吹煤头纸法的人，首推几位一天到晚捧水烟筒的老先生和老太太。他们的"要有火"

比上帝还容易，只消向煤头纸上轻轻一吹，火便来了。他们不必出数元乃至数十元的代价去买打火机，只要有一张纸，便可临时在膝上卷起煤头纸来，向铜火炉盖的小孔内一插，拔出来一吹，火便来了。我小时候看见我们染坊店里的管账先生，有种种吹煤头纸的特技。我把煤头纸高举在他的额旁边了，他会把下唇伸出来，使风向上吹；我把煤头纸放在他的胸前了，他会把上唇伸出来，使风向下吹；我把煤头纸放在他的耳旁了，他会把嘴歪转来，使风向左右吹；我用手按住了他的嘴，他会用鼻孔吹，都是吹一两下就着火的。

中国人对于吹煤头纸技术造诣之深，于此可以窥见。所可惜者，自从卷烟和火柴输入中国而盛行之后，水烟这种"国烟"竟被冷落，吹煤头纸这种"国技"也很不发达了。生长在都会里的小孩子，有的竟不会吹，或者连煤头纸这东西也不曾见过。在努力保存国粹的人看来，这也是一种可虑的现象。近来国内有不少人努力于国粹保存。国医、国药、国术、国乐，都有人在那里提倡。也许水烟和煤头纸这种国粹，将来也有人起来提倡，使之复兴。

但我以为这三种技术中最进步最发达的，要算吃瓜子。近来瓜子大王的畅销，便是其老大的证据。据关心此事的人说，瓜子大王一类的装纸袋的瓜子，最近市上流行的有许多牌子。最初是某大药房"用科学方法创制"的，后来有什么"好吃来公司""顶好吃公司"等种种出品陆续产出。到现在差不多无论哪个穷乡僻处的糖食摊上，都有纸袋装的瓜子陈列而倾销着了。现代中国人的精通吃瓜子术，由此盖可想见。我对于此道，一向非常短拙，说出来有伤于中国人的体面，但对自家人不妨谈谈。我从来不曾自动地找求或买瓜子来吃。但到人家做客，受人劝诱时；或者在酒席上、杭州的茶楼上，看见桌上现成放着瓜子盆时，也便拿起来咬。我必须注意选择，选那较大、较厚，而形状平整的瓜子，放进口里，用臼齿"格"地一咬，再吐出来，用手指去剥。幸而咬得恰好，两瓣瓜子壳各向两旁扩张而破裂，瓜仁没有咬碎，剥起来就较为省力。若用力不得其法，两瓣瓜子壳和瓜仁叠在一起而折断了，吐出来的时候我就担忧。那瓜子已纵断为两半，两半瓣的瓜仁紧紧地装塞在两半瓣的瓜子壳中，好像日本版的洋装书，套在很紧的厚纸函中，不容易取它出来。这种洋装书的取出法，现在都已从日本人那里学得，不要把指头塞进厚纸函中去力挖，只要使函口向下，两手扶着函，上下振动数次，洋装书自会脱壳而出。然而半瓣瓜子的形状太小了，不能应用这个方法，我只得用指爪细细地剥取。有时因为练习弹琴，两手的指爪都剪平，和尚头一般的手指对它简直毫无办法。我只得乘人不见把它抛弃了。

在痛感困难的时候，我本拟不再吃瓜子了。但抛弃了之后，觉得口中有一种非甜非咸的香味，会引逗我再吃。我便不由得伸起手来，另选一粒，再送交臼齿去咬。不幸而这瓜子太燥，我的用力又太猛，"格"的一响，玉石不分，咬成了无数的碎块，事体就更糟了。我只得把粘着唾液的碎块尽行吐出在手心里，用心挑选，剔去壳的碎块，然后用舌尖舔舐瓜仁的碎块。然而这挑选颇不容易，因为壳的碎块的一面也是白色的，与瓜仁无异，我误认为全是瓜仁而舐进口中去嚼，其味虽非嚼蜡，却等于嚼砂。壳的碎片紧紧地嵌进牙齿缝里，找不到牙签就无法取出。碰到这种钉子的时候，我就下个决心，从此戒绝瓜子。戒绝之法，大抵是喝一口茶来漱一漱口，点起一支香烟，或者把瓜子盆推开些，把身体换个方向坐了，以示不再对它发生关系。然而过了几分钟，与别人谈了几句话，不知不觉之间，会跟了别人而伸手向盆中摸瓜子来咬。等到自己觉察破戒的时候，往往是已经咬过好几粒了。这样，吃了非戒不可，戒了非吃不可；吃而复戒，戒而复吃，我为它受尽苦痛。这使我现在想起了瓜子觉得害怕。

但我看别人，精通此技的很多。我以为中国人的三种博士才能中，咬瓜子的才能最可叹佩。常见闲散的少爷们，一只手指间夹着一支香烟，一只手握着一把瓜子，且吸且咬，且咬且吃，且吃且谈，且谈且笑。从容自由，真是"交关写意！"

他们不须拣选瓜子，也不须用手指去剥。一粒瓜子塞进了口里，只消"格"地一咬，"呸"地一吐，早已把所有的壳吐出，而在那里嚼食瓜子的肉了。那嘴巴真像一具精巧灵敏的机器，不绝地塞进瓜子去，不绝地"格""呸""格""呸"，……全不费力，可以永无罢休。女人们、小姐们的咬瓜子，态度尤加来得美妙：她们用兰花似的手指摘住瓜子的圆端，把瓜子垂直地塞在门牙中间，而用门牙去咬它的尖端。"的，的"两响，两瓣壳的尖头便向左右绽裂。然后那手敏捷地转个方向，同时头也帮着了微微地一侧，使瓜子水平地放在门牙口，用上下两门牙把两瓣壳分别拨开，咬住了瓜子肉的尖端而抽它出来吃。这吃法不但"的，的"的声音清脆可听，那手和头的转侧的姿势窈窕得很，有些儿妩媚动人，连丢去的瓜子壳也模样姣好，有如朵朵兰花。由此看来，咬瓜子是中国少爷们的专长，而尤其是中国小姐、太太们的拿手戏。

在酒席上、茶楼上，我看见过无数咬瓜子的圣手。近来瓜子大王畅销，我国的小孩子们也都学会了咬瓜子的绝技。我的技术，在国内不如小孩子们远甚，只能在外国人面前占胜。

记得从前我在赴横滨的轮船中，与一个日本人同舱。偶检行箧，发现亲友所赠的一罐瓜子。旅途寂寥，我就打开来和日本人共吃。这是他平生没有吃过的东西，他觉得非常珍奇。

在这时候，我便老实不客气地装出内行的模样，把吃法教导他，并且示范地吃给他看。托祖国的福，这示范没有失败。但看那日本人的练习，真是可怜得很！他如法将瓜子塞进口中，"格"地一咬，然而咬时不得其法，将唾液把瓜子的外壳全部浸湿，拿在手里剥的时候，滑来滑去，无从下手，终于滑落在地上，无处寻找了。他空咽一口唾液，再选一粒来咬。这回他剥时非常小心，把咬碎了的瓜子陈列在舱中的食桌上，俯伏了头，细细地剥，好像修理钟表的样子。一二分钟之后，好容易剥得了些瓜仁的碎片，郑重地塞进口里去吃。我问他滋味如何，他点点头连称 umai, umai！（好吃，好吃！）我不禁笑了出来。我看他那阔大的嘴里放进一些瓜仁的碎屑，犹如沧海中投以一粟，亏他辨出 umai 的滋味来。但我的笑不仅为这点滑稽，本由于骄矜自夸的心理。我想，这毕竟是中国人独得的技术，像我这样对于此道最拙劣的人，也能在外国人面前占胜，何况国内无数精通此道的少爷、小姐们呢？

发明吃瓜子的人，真是一个了不起的天才！这是一种最有效的"消闲"法。要"消磨岁月"，除了抽鸦片以外，没有比吃瓜子更好的方法了。其所以最有效者，为了它具备三个条件：一、吃不厌；二、吃不饱；三、要剥壳。

俗语形容瓜子吃不厌，叫作"勿完勿歇"。为了它有一种非甜非咸的香味，能引逗人不断地要吃。想再吃一粒不吃了，但是嚼完吞下之后，口中余香不绝，不由得你不再伸手向盆中或纸包里去摸。我们吃东西，凡一味甜的，或一味咸的，往往易于吃厌。只有非甜非咸的，可以久吃不厌。瓜子的百吃不厌，便是为此。有一位老于应酬的朋友告诉我一段吃瓜子的趣话：说他已养成了见瓜子就吃的习惯。有一次同了朋友到戏馆里看戏，坐定之后，看见茶壶的旁边放着一包打开的瓜子，便随手向包里掏取几粒，一面咬着，一面看戏。咬完了再取，取了再咬。如是数次，发现邻席的不相识的观剧者也来掏取，方才想起了这包瓜子的所有权。低声问他的朋友："这包瓜子是你买来的么？"那朋友说"不"，他才知道刚才是擅吃了人家的东西，便向邻座的人道歉。邻座的人很漂亮，付之一笑，索性正式地把瓜子请客了。由此可知瓜子这样东西，对中国人有非常的吸引力，不管三七二十一，见了瓜子就吃。

俗语形容瓜子吃不饱，叫作"吃三日三夜，长个屎尖头。"因为这东西分量微小，无论如何也吃不饱，连吃三日三夜，也不过多排泄一粒屎尖头。为消闲计，这是很重要的一个条件。倘分量大了，一吃就饱，时间就无法消磨。这与赈饥的粮食目的完全相反。赈饥的粮食求其吃得饱，消闲的粮食求其吃不饱。最好只尝滋味而不吞物质。最好越吃越饿，像罗马亡国之前所流行的"吐剂"一样，则开筵大嚼，醉饱之后，咬一下瓜子可以再来开筵大嚼，一直把时间消磨下去。

要剥壳也是消闲食品的一个必要条件。倘没有壳，吃起来太便当，容易饱，时间就不能多多消磨了。一定要剥，而且剥的技术要有声有色，使它不像一种苦工，而像一种游戏，方才适合于有闲阶级的生活，可让他们愉快地把时间消磨下去。

具足以上三个利于消磨时间的条件的，在世间一切食物之中，想来想去，只有瓜子。所以我说发明吃瓜子的人是了不起的天才。而能尽量地享用瓜子的中国人，在消闲一道上，真是了不起的积极的实行家！试看糖食店、南货店里的瓜子的畅销，试看茶楼、酒店、家庭中满地的瓜子壳，便可想见中国人在"格，呸""的，的"的声音中消磨去的时间，每年统计起来为数一定可惊。将来此道发展起来，恐怕是全中国也可消灭在"格，呸""的，的"的声音中呢。

我本来见瓜子害怕，写到这里，觉得更加害怕了。

春卷

文 / 舒婷

　　春卷的普及范围是这样狭小，只有闽南人心领神会。厦门和泉州虽同属闽南，春卷体系又有不同，一直在相互较力，裁判公婆各执一词，于是各自发展得越加精美考究。

　　即使在厦门工作了好几年的外地人，也未必能吃上正宗春卷。隆冬时节大街上小吃摊都有的卖，仿佛挺大众化的。其实，萝卜与萝卜须吃起来毕竟有很大区别。

　　有稀客至，北方人往往包饺子待客，而南方人就做春卷吗？也不。即使上宾有如总统，春卷却也不肯招之即来。首先要看季节，最好是春节前后。

过了清明，许多原料都走味，例如海蛎已破肚，吃起来满嘴腥。第二要有充足的时间备料。由于刀工要求特别细致，所以第三还要有好心情。当然不必像写诗那么虔诚，但至少不要失魂落魄到将手指头切下来。

霜降以后，春卷的主力军纷纷亮相。但是，抹春卷皮的平底锅还未支起来；秋阳熙熙，小巷人家屋顶尚未晾出一簸箕海苔来。这时候的包菜尚有"骨"，熬不糜；红萝卜皱皱的，还未发育得皮亮心脆；海蛎还未接到春雨，不够肥嫩；总之，锣鼓渐密，帘幕欲卷，嗜春卷的人食指微动，可主角绝不苟且，只待一声嘹亮。

终于翡翠般的豌豆角上市了，芫荽肥头大耳，街上抹春卷皮的小摊排起了长龙。主妇们从市场回家，倾起一边身子走路——菜篮子那个重呀！

五花肉切成丝炒熟；豆干切成丝炒黄；包菜、大蒜、豌豆角、红萝卜、香菇、冬笋各切成丝炒熟，拌在一起，加上鲜虾仁、海蛎、鳊鱼丝、豆干丝、肉丝，煸透，一起装在大锅里文火慢煨。

这是主题，桌上还有不少文章。

春卷皮是街上买的，要摊得纸一样薄，还要柔韧，不容易破。把春卷皮摊平桌上，抹上辣酱，往一侧铺张脱水过的香菜叶，撒上絮好油酥过的海苔，将上述焖菜挤去汤水堆成长形，再撒上蒜白丝、芫荽、蛋皮、贡糖末，卷起来就是春卷。初涉此道的人往往口不停地问先怎么啦再怎么啦，延误时机，菜汁渗透皮，最后溃不成卷。孩子则由于贪心，什么都多多地加，大人只好再帮垫一张皮。因此鲁迅的文章里说厦门人吃的春卷小枕头一般。

曾经到一个外地驻厦门办事处去玩。那儿几个巧媳妇雄心勃勃想偷艺，要做春卷，取出纸笔，要我一一列账备料。我如数写完，她们面面相觑，无人敢接。再去时，她们得意扬扬留我午饭，说是今天有春卷。我一看，原来是厚厚的烙饼夹豆芽菜，想想也没错，这也叫春卷，福州式的。

春卷在厦门，好比恋爱时期，面皮之嫩，如履薄冰；做工之细，犹似揣摩恋人心理；择料之精，丝毫不敢马虎，甜酸香辣莫辨，惊诧忧喜交织其中。到了泉州，进入婚娶阶段，蔬菜类炖烂是主食，虾、蛋、海蛎、鳊鱼等精品却另盘装起，优越条件均陈列桌上，取舍分明，心中有数。流传到福州，已是婚后的惨淡经营，草草收兵，锅盔夹豆芽，粗饱。

我有一个九十岁的老姑丈，去菲律宾六十余年，总是在冬天回厦门吃春卷，又心疼我父亲劳累，教我父亲操作精简些，说只要在蔬菜类中加些鸡液、虾汤、鲜贝汁就行。我父亲默默然半天问：剩下来的鸡肉、虾仁、鲜贝怎么办？

做春卷是闽南许多家庭的传统节目。小时候因为要帮忙择菜、锉萝卜丝，将大好的假期花在侍候此物上真是不值，下定决心讨厌它。我大姨妈是此中高手，由她主持春卷大战，我们更是偷懒不得。还忆苦思甜，说当年她嫁进巨富人家，过年时率四个丫鬟在天井切春卷菜，十指都打泡。吃年夜饭时，她站在婆婆身后侍候，婆婆将手中咬剩的半个春卷赏给她吃，已算开恩，听得我们不寒而栗。大姨妈的"春卷情结"影响了我们，除夕晚上，我们几个孩子无一不是因为吃多了春卷而灌醋而揉肚子而半夜起来干呕。

每每发誓，轮到我当家，再不许问津春卷。

不料我公公、丈夫、儿子都是死不悔改的春卷迷。今年刚刚入冬，儿子就计较着："妈妈，今年我又大了一岁，春卷可以吃四个吧？"丈夫含蓄，只问我要不要他帮拎菜篮子。公公寡言，但春卷上桌，他的饭量增了一倍。只好重拾旧河山，把老节目延续下来。

幸亏我没有女儿。

可惜我没有女儿。

火晶柿子

文 / 陈忠实

我喜欢柿树。柿子好吃，这是最主要的因由。柿树不招虫害，任何害虫病菌都难以近身，大约是柿树特有的那种涩味构成了内在的天然抗拒，于是便省去了防虫治病的麻烦，也不担心农药残留的后患。柿树又很坚韧，几乎与榆槐等柴树无异，既不要求肥力和水分，也不需要任何稍微特殊的呵护。庭院里可以栽植，水肥优良的平川地里可以茁壮成长，土瘠水缺的干旱的山坡上碥畔上同样蓬蓬勃勃，甚至一般柴树也畏怯的红石坡梁上，柿树仍可长到合抱粗。按照习惯或者说传统，几乎没有给柿树施肥浇水的说法。然而果实柿子却不失其甘美。

在柿树家族里，种类颇多。最大个儿的叫虎柿，大到可称出半斤。虎柿必须用慢火温水浸泡，拔去涩味儿，才香甜可口。然慢火的火功和温水的温度要随机变换，极难把握，稍有不当就会温出一锅僵涩的死柿子，甭说上市卖钱，白送人也送不出去。再说这种虎柿还有一个致命的弱点，不能存放，温熟之后即卖即食，隔三天两日尚可，再长就坏了，属于典型的时令性水果。

还有一种民间称为义生的柿子，个头也比较大，果实变红时摘下，搁置月余即软化熟透，味道十分香甜。麻烦的是软化后便需尽快出手，或卖钱或送亲友或自家享受，稍长时间便皮儿崩裂柿汁流出，不可收拾，长途运送都是比较难以解决的问题。

再有一种名曰火罐的柿子，果实较小，一般不超过半两，尽管味道与火晶柿子无甚差异，却多核儿，成为重大的弹嫌之弊，所以不被钟爱，几乎遭到淘汰而绝种，反正我已多年不见此物了。

只有火晶柿子，在柿树家族中逐渐显出优长来，已经成为独透柿族的王牌品种了。

火晶，真是一个热烈而又令人富于想象的名字。火是这种柿子的色彩，单一的红，红的程度真可以用"红彤彤"来形容来喻示。我在骊山南麓的岭坡上见到过那种堪称红彤彤的景观，一棵一棵大到合抱粗的柿树，叶子已经落光掉净了，枝枝丫丫上挂满繁密的柿子，红溜溜或红彤彤的，蔚为壮观，像一片自然的火树。火晶的名字中的"火"字大约由此而自然产生，"晶"也就无须阐释或猜想了。把火的色彩与晶字联结起来，便成为民间命名的高雅一种，恐怕只有民间的智者才会创造出这样一个雅俗共赏的柿子的名字来。

火晶柿子比虎柿比义生柿子小，比火罐柿子大，个重两余，无核。在树上长到通体变成橙黄时摘折下来，存放月余便软化熟透，尤其耐得存放，保管得法的农户甚至可以保存到春节以后，仍不失其新鲜甘美的原味。食时一手捏把儿，一手轻轻捏破薄皮儿，一撕一揭，那薄皮儿便利索地完整地去掉了，现出鲜红鲜红的肉汁，软如蛋黄，却不流，吞到口里，无丝无核儿，有一缕蜂蜜的香味儿。乡间小贩摆卖火晶柿子的摊位上，常见蜜蜂嗡嗡盘绕不去，可见其诱惑。

关中盛产柿子，尤以骊山为代表的临潼的火晶柿子最负盛名。一种名果的品质，决定于水土，这是无法改变的常识。我家居骊山之南，白鹿原原坡之北，中间流着一条倒淌河灞水，形成一条狭窄的川道，俗称灞川，逆水而上经蓝田的五十里进入王维的辋州。由我祖居的老屋涉过灞水走过平川登上骊山南麓的坡道，大约也就半个小时。水土和气候无大差异，火晶柿子的品质也难分上下，然而形成气候形成品牌的仍然是临潼。

大约是"文革"后期，诺罗敦·西哈努克亲王携妻引子到西安，参观兵马俑往来的路上，王子发现路边有农民摆的火晶柿子小摊，问及此果，陪随人员告之。回到西安下榻处，有心的接待人员已经摆放好一盘经过精心挑选的火晶柿子，并说明吃法。王子生长在热带，未见过亦未吃过北方柿子并不足怪，恰是这种中国关中的火晶柿子令其赞赏不绝，直到把一盘火晶柿子吃完，仍然还要，不顾斯文且不说了，连陪随人员的劝告（食多伤胃）也任性不顾。果然，塞了满肚子火晶柿子的王子，到晚上闹起肚子来，引起各方紧张，直接报告北京有关领导，弄出一场虚惊。王子虽然经历了一个难受的夜晚，离开西安时仍不忘要带走一篮火晶柿子。

这个真实的传闻流传颇广。在关中普通到不能再普通的柿子，竟然上了招待外宾的果盘，而且是高贵的王子，确实令当地人始料不及。想来也不足奇，向来都是物以稀为贵的。

二十世纪八十年代中期，我到与临潼连界的蓝田县查阅县志时发现，清末某年，关中奇冷，柿树竟然死绝了。我得到一个基本常识，柿树原来耐不得严寒的。但那年究竟"奇冷"到怎样的程度，却是无法判断的，那时怕是连一根温度计也没有。到二十世纪九十年代头上，我在原下的祖屋写作《白鹿原》的时候，这年冬天冻死了一批柿树，我至今记得这年冬天的最低温度为零下十四摄氏度，持续了半月左右，这是几十年来西安最冷的一个冬天。村子里许多农户刚刚挂果的葡萄统统冻死了，好多柿树到春末夏初还不发芽，人们才惊呼柿树被冻死了。我也便明白，清末冻死柿树的那年冬天"奇冷"的程度，不过是零下十几摄氏度而已。

编志人在叙述"奇冷"造成的灾害时，加了一句颇带怜悯情调的话，曰：柿可当食。我便推想，平素当作水果的柿子，到了饥馑的年月里，就成为养生活命的吃食了。确凿把柿子顶做粮食的事，发生在二十世纪六十年代初的"三年困难"时期及十年"文革"之中，临潼山上的山民从生产队分回柿子，五斤顶算一斤粮食。想想吧，作为消遣的柿子是一种调节和品尝，而作为一日三餐的主食，未免就有点残酷。然而，我又胡乱联想起来，被当地山民作为粮食充饥的柿子，在西哈努克的王子那里却成为珍果，可见人的舌头原本是没有什么天生的贵贱的。想到近年某些弄出一点名堂的人，硬要做派出贵族状，硬要做派出龙种凤胎的不凡气象，我便担心这其中说不准会潜伏着类似火晶柿子的滑稽。

我在祖居的屋院里盖起了一幢新房，这是八十年代中期的事，当时真有点"李顺大造屋"的感受。又修起了围墙，立了小门楼，街门和新房之间便有了一个小小的庭院。我便想到栽一株柿树，一株可以收获火晶柿子的柿树。

我的左邻右舍乃至村子里的家家户户，都有一棵两棵火晶柿树，或院里或院外；每年十月初，由绿色转为橙黄的柿子便从墨绿的树叶中脱颖而出，十分耀眼，不说吃吧，单是在屋院里外撑起的这一方风景就够惹眼了。我找到内侄儿，让他给我移栽一棵火晶柿子树。内侄慷慨应允，他承包着半条沟的柿园。

这样，一株棒槌粗的柿树便栽植于小院东边的前墙根下，这是秋末冬初最好的植树时月里做成的事。

这株柿树栽下以后，整个前院便生动起来。走出屋门，一眼便瞅见高出院墙沐着冬日阳光的树干和树枝，我的心里便有了动感。新芽冒出来，树叶日渐长大了，金黄色的柿花开放了，从小草帽一样的花萼里托出一枚枚小青果，直到缀满枝丫的红灯笼一样的火晶柿子在墙头上显耀……期待和祈祷的心境伴我进入漫长的冬天。

二十世纪五十年代初我读小学时，后屋和厦房之间窄窄的过道里，有一株火晶柿树，若小碗口粗，每年都有一树红亮亮的柿子撑在厦房房瓦上空。我于大人不在家时，便用竹竿偷偷打下两三个来，已经变成橙黄的柿子仍然涩涩的，涩味里却有不易舍弃的甜香。母亲总是会发现我的行为，总是一次又一次斥责：你就等不到摘下搁软了熟了吗？直到某一年，我放学回家，突然发现院里的光线有点异样，抬头一看，罩在过道上空的柿树的伞盖没有了，院子里一下子豁亮了。柿树被齐根锯断了。断茬上敷着一层细土。从断茬处渗出的树汁浸湿了那一层细土，像树的泪，也似树的血。我气呼呼问母亲。母亲也阴郁着脸，告诉我，是一位神汉告诫的。那几年我家灾祸连连，我的一个小妹夭折了，一个小弟也在长到四五岁时夭亡了，又死了一头牛。父亲便请来一位神汉，从前院到后院观察审视一番，最终瞅住过道里的柿树说：把这树去掉。父亲读过许多演义类小说，于这类事比较敏感，不用神汉阐释，便悟出其中玄机，"柿"即"事"。父亲便以一种泰然的口吻对我说，柿树栽在家院里，容易生"事"惹"事"。去掉柿树，也就不会出"事"了。我的心里便怯怯的了，看那锯断的柿树茬子，竟感到了一股鬼气妖氛的恐惧。

没有什么人现在还相信神汉巫师装神弄鬼的事了，起码在"柿"与"事"的咒符是如此。因为我的村子里几乎家家户户的院里门外都有一株或几株柿树。人在灾变连连打击下便联想到神的惩罚和鬼的作祟，这种心理趋势由来已久，也并不只是科学滞后的中国乡村人独有，许多民族包括科学已很发达的民族也颇类同，神与鬼是人性软弱的不可避免的存在。我在前院栽下这棵柿树，早已驱除了"柿"与"事"的文字游戏式的咒语，而要欣赏红柿出墙的景致了。漫长的冬天过去了。春风日渐一日温暖起来。我栽的柿树迟迟不肯发芽。

直到春末夏初，枝梢上终于努出绿芽来，我兴奋不已，证明它活着。只要活着就是成功，就有希望。大约两个月之后，进入伏天，我终于发觉不妙，那仅仅长到三四寸长的幼芽开始萎缩。无论我怎样浇水、疏松土壤，还是无可挽回地枯死了。

这是很少有的现象，我喜欢栽树，不敢说百分之百成活，这样的情况确实极少发生。这株火晶柿子树是我尤为用心栽植的一棵树，它却死了。我久久找不出死亡的原因，树根并无大伤害，树的阴阳面也按原来的方向定位，水也及时适度浇过，怎么竟死了呢。问过内侄儿，他淡淡地说，柿树是很难移栽的，成活率极低。我原是知道这个常识的，却自信士命的我会栽活它。我犯了急功近利轻易求取成功的毛病，急于看到一棵成景的柿树。于是便只好回归到最实之点，先栽软枣苗子，然后嫁接火晶柿子。

一种被当地人称做软枣的苗子，是各种柿树嫁接的唯一钻木。软枣生长十分泼势，随便甚至可以说马马虎虎栽下就活。我便在小院的西北角栽下一株软枣，一年便长到齐墙的高度。第二年夏初，请来一位嫁接果树的巧手用俗称热粘皮的芽接法一次成功，当年冒出的正儿八经的火晶柿子的新枝，同样蹿起一人高。叶子大得超过我的巴掌，新出的绿色的杆儿竟有食指粗，那蓬勃的劲头真正让我时时感知初生生命的活力。为了防止暴风折断它的尚为绿色的嫩杆，我为它立了一根木杆，绑扶在一起，一旦这嫩杆变成褐黑色，显示它已完全木质化了，就尽可放心。我于兴奋鼓舞里独自兴叹，看来栽成树走捷径还是不行的。这个火晶柿子树的起根发苗的全过程完成了，我也就留下了一棵树的生命的完整印象，至今难以忘怀。

这株火晶柿树后来就没有故事了。没有虫害病菌侵害，在院里也避免了牛马猪羊的骚扰，对水呀肥呀也不讲究，忽忽喇喇就长起来了，分枝分叉了，长过墙头了，形成一株青春活力的柿树了。

这年冬天到来时，我离开久居的祖屋老院，迁进城里去，一年难得回来几次。有一年回来正遇着它开花，四方卷沿的米黄色小花令人心动，我忍不住摘下两朵在嘴里嚼着咽下，一股带涩的甜味儿，竟然回味起背着父母用竹竿偷打下来的生柿子的感觉。

今年春节一过，我终于下定决心回归老家，争取获得一个安静吃草安静回嚼的环境。我的屋檐上时有一对追逐着求偶的咕咕咕叫着的斑鸠。小院里的树枝和花丛中常常栖息着一群或一对色彩各异的鸟儿。隔墙能听到乡友们议论天气和庄稼施肥浇水的农声。也有小牛或羊羔窜进我忘了关闭的大门。看着一个个忙着农事忙着赶集售物的男人女人毫不注意修饰的衣着，我常常想起那些高级宾馆车水马龙衣冠楚楚口红眼影的景象。这是乡村。那是城市。大家都忙着。大家都在争取自己的明天。

我的柿树已经碗口粗了。我今年才看到了它出芽、开花、坐果到成熟的完整的生命过程。十月初，柿子日渐一日变得黄亮了，从浓密的柿树叶子里显现出来，在我的墙头上方，造成一幅美丽的风景。我此时去了一趟滇西，回来时，妻子已经让人摘卸了柿子。

装在纸箱里的火晶柿子开始软化。眼看得由橙黄日渐一日转变为红亮。有朋自城里来，我便用竹篮盛上，忍不住说明：这是自家树上的产物。多路客人无论长幼无论男女无不惊叹这火晶柿子的醇香，更兼着一种自家种植收获的乡韵。看着客人吃得快活，我就想起一件有关火晶柿子的轶趣。

　　某年到一个笔会，与一位作家朋友聊天，他说某年到陕西参观兵马俑的路上，品尝了火晶柿子，尤感甘美，临走时又特意买了一小篮，带回去给尚未尝过此物的南方籍的夫人。这种软化熟透的火晶柿子，稍碰即破，当地农民用剥去了粗皮的柳条编织的小篮儿装着，一层一层倒是避免了挤压。他一路汽车火车，此物不能装箱，就那么拎着进了家门，便满怀爱心献给了亲爱的夫人。揭开柳条小篮，取出上边一层红亮亮的柿子，情况顿觉不妙，下边两层却变成了石头。可以想象他的懊丧和生气之状了。

　　事过多年和我相遇聊起此事，仍然火气难抑，末了竟冲我说，人说你们陕西人老实，怎么这样恶劣作假？几个柿子倒不值多少钱，关键是让我几千里路拎着它，却拎回去一篮子石头，你说气人不气人？这在谁也会是懊丧气恼的，然而我却调侃道，假导弹假飞船没准儿都弄出来了，陕西农民给柿篮子里塞几块石头，在中国蓬蓬勃勃的造假行业里，只能算是启蒙生或初级水平，你应该为我的乡党的开化而庆祝。朋友也就笑了。

　　我随之自我调侃，你知道我们陕西人总结经济发展滞后的原因是什么吗？不急不躁，不跑不跳，不吵不闹，不叫不到，不给不要，所谓关中人的"十不"特性。所以说，一个兵马俑式的农民用当地称作料僵石（此石特轻）的石头冒充火晶柿子，把诸如我所钦敬的大城市里的名作家哄了骗了涮了一回，多掏了他几枚铜子，真应该庆祝他们脑瓜里开始安上了一根转轴儿，灵动起来了。

　　玩笑说过也就风吹雨打散了。我却总想着那些往柳条编的小篮里塞进冒充火晶柿子的石头的农民乡党，会是怎样一种小小的得意……

吃喝之道

文/陆文夫

　　我曾经写过一篇小说，名曰《美食家》。坏了，这一来自己也就成了"美食家"，人们当众介绍："这位就是美食家陆某……"其实，此家非那家，我大小也应当算是个作家。不过，我听到了"美食家陆某"时也微笑点头，坦然受之，并有提升一级之感。因为当作家并不难，只需要一张纸与一支笔；纸张好坏不论，笔也随处可取。当美食家可不一样了。一是要有相应的财富和机遇，吃得到，吃得起；二是要有十分灵敏的味觉，食而能知其味；三是要懂得一点烹调的原理；四是要会营造吃的环境、心情和氛围。美食和饮食是两个概念，饮食是解渴与充饥，确定日期，并指定厨师，如果某某厨师不在，宁可另选吉日。他说，不懂吃的人是"吃饭店"，懂吃的人是"吃厨师"。这是我向周先生学来的第一要领，以后被多次的实践证明，此乃至理名言。

我们到松鹤楼坐下来，被周先生指定的大厨师便来了："各位今天想用点啥？"

周先生总是说："随你的便。"他点了厨师以后就不再点菜了，再点菜就有点小家子气，而且也容易打乱厨师的总体设计。名厨在操办此种宴席时，都是早有准备，包括采购原料都是亲自动手，一个人从头到尾，一气呵成，不像现在都是集体创作，流水作业。

苏州的饮食文化源远流长，就像昆剧一样，它有一套固定的程式。大幕拉开时是八只或十二只冷盆，成双，图个吉利。冷盆当然可吃，可它的着重点是色彩和形状。红黄蓝白色彩斑斓，龙凤呈祥形态各异。美食的要素是色、香、味、形、声。在嘴巴发挥作用之前，先由眼睛、鼻子和耳朵激发起食欲，引起所谓的垂涎欲滴，为消化食物做好准备。在眼耳鼻舌之中，耳朵的作用较少，据我所知的苏州菜中，有声有色的只有两种，一是"响油鳝糊"，一是"虾仁锅巴"，俗称天下第一菜。响油鳝糊就是把鳝丝炒好拿上桌来，然后用一勺滚油向上面一浇，发出一阵"喳呀"的响声，同时腾起一股香味，有滋有味，引起食欲。虾仁锅巴也是如此，是把炸脆的锅巴放在一个大盆里美食是以嘴巴为主的艺术欣赏——品味。

美食家并非天生，也需要学习，最好还要能得到名师的指点。我所以能懂得一点吃喝之道，是向我的前辈作家周瘦鹃先生学来的。周先生被认为是鸳鸯蝴蝶派的首领，二十世纪三十年代，他在上海滩上编《申报·自由谈》《礼拜六》《紫罗兰》，包括大光明的海报在内，总共有六份出版物，家还在苏州。刊物需要稿件，他的拉稿方法就是在上海或苏州举行宴会，请著名的作家、报人赴宴，在宴会上约稿。周先生自己是作家，也应邀赴别人的约稿的宴会。你请他，他请你，使得周先生身经百战，精通了吃的艺术。名人词典上只载明周先生是位作家、盆景艺术家，其实还应该加上一个头衔——美食家。难怪，那时没有美食家之称，只能名之曰会吃。会吃上不了词典，可在饭店和厨师之间周先生却是以吃闻名，因为厨师和饭店的名声是靠名家吃出来的。

余生也晚，直到六十年代才有机会常与周先生共席。那时苏州有个作家协会的会员小组，约六七人。周先生是组长，组员有范烟桥、程小青等人，我是最年轻的一个，听候周先生的召唤。周先生每月要召集两次小组会议，名为学习，实际上是聚餐，到松鹤楼去吃一顿。那时没有人请客，每人出资四元，由我负责收付。周先生和程小青先生都能如数交足，只有范烟桥先生常常忘记带钱。

每次聚餐，周先生都要提前三五天亲自到松鹤楼去一次，拿上桌来，然后将一大碗虾仁、香菇、冬笋片、火腿丝等做成的热汤向大盆里一倒，发出一阵比响油鳝糊更为热闹的声音。据说，乾隆皇帝大为赞赏，称之为"天下第一菜"，看来也只有皇帝才有这么大的口气。可惜的是此种天下第一菜近来已不多见，原因是现在的大饭店都现代化了，炸脆的虾仁锅巴从篮球场那么大的厨房里拿出来，先放在备餐台上，再放到升降机中，升至二楼三楼或四楼的备餐台，然后再由服务小姐小心翼翼地放上手推车，推进三五十米，然后再放上桌来，这时候锅巴也快凉了，汤也不烫了，汤向锅巴里一倒，往往是无声无息，使得服务小姐十分尴尬，食者也索然无味，这样的事情我碰到过好几回。

我和周先生共餐时，从来没有碰到过如上的尴尬，因为那时的饭店都没有现在的规模，大名鼎鼎的松鹤楼也只是两层楼，从厨房到饭桌总在一分钟之内，更何况大厨师为我们烹调时是一对一，一道菜上来之后，大厨师也上来了，他站立在桌旁征求意见："各位觉得怎么样？"

周瘦鹃先生舍不得说个好字，只是说："唔，可以吃。"

程小青先生信耶稣，他宽恕一切，总是不停地称赞："好，好。"

范烟桥先生是闷吃，他没有周先生那么考究，只是对乳腐酱方（方块肉）、冰糖蹄髈有兴趣。

那时候的苏州菜是以炒菜为主，炒虾仁、炒鳝丝、炒腰花、炒蟹粉、炒塘鳢鱼片……炒菜的品种极多，吃遍不大可能，少了又不甘心，所以便有了双拼甚至三拼，即在一只腰盆中有两种或三种炒菜，每人对每种菜只吃一两筷。用周先生的美食理论来讲这不叫吃，叫尝，到饭店里来吃饭不是吃饱，而是"尝尝味道"，吃饱可以到面馆里去吃碗面，用不着到松鹤楼来吃酒席。这是美食学的第二要领，必须铭记，要不然，那行云流水似的菜肴有几十种，你能吃得下去？吃到后来就吃不动了，只能眼睁睁地看着那大菜冒热气。有人便因此而埋怨中国的宴席菜太多，太浪费。

所谓的菜太多，太浪费，那是没有遵守"尝尝味道"的规律。菜可以多，量不能大，每人只能吃一两筷，吃光了以后再上第二道菜。大厨师还要不时地观察"现场"，看见有哪一道菜没有吃光，他便要打招呼："对不起，我做得不配大家的胃口。"跟着便做一道"配胃口"的菜上来，把那不配胃口的菜撤下去。绝不是像现在这样，几十道菜一齐上，盆子压在盆子上，杯盘狼藉，一半是浪费。为了克服此种不文明的现象，于是便兴起了一种所谓的中餐西吃，由服务员分食，这好像是中学为体，西学为用的老花头。可惜的是中餐和西餐不同，吃法不能与内容分离。那色、香、味、形、声不能任意分割，拉开距离。把一条松鼠鳜鱼切成小块分你吃，头尾都不见了，你知道那是什么东西。有时候服务小姐在分割之前把菜在众食客面前亮亮相，叫先看后吃。看的时候吃不到，吃的时候看不见，只能看着面前的盘子把食物放到嘴里，稍一不留神，就分不清鸭与鸡，他说是烤鸭，却只有几块皮，吃完之后只记得有许多杯子和盘子在面前换来换去，却记不清楚到底吃了些什么东西。

如果承认美食是一种欣赏的话，那是要眼耳鼻舌同时起作用的，何况宴席中菜肴的配制是一个整体，是由浅入深，有序幕，有高潮，有结尾。荤素搭配，甜咸相间，还要有点心镶嵌其间。一席的点心通常是四道，最多的有八道。点心的品种也是花式繁多，这在饭店里属于白案，是另一体系，可是最好的厨师是集红白案于一身，把点心的形状与色彩和菜肴融为一体。

如果要多尝尝各美食的味道，那就必须集体行动，呼朋引类，像周瘦鹃先生那样每月召开两次小组会。如果是两三人偶然相遇，那就只能欣赏"折子戏"了。选看"折子戏"要美食家自己点菜了，他要了解某厨师有哪些拿手好戏，还要知道朋友们是来自何方，文化素养如何，因为美食有地方性，有习惯性也与人的素质有关系。贪吃的要量多，暴发的要价高，年老的文化人要清淡点。点菜是否准确，往往是成败的关键。

美食之道是大道，具体的烹调术是由厨师或烹调高手来完成的。可这大道也非常道，三十年前的大道，当今是行不通了。七八年前，我曾经碰到一位当年为我等掌厨的师傅，我说，当年我们吃的菜为啥现在都吃不到了。这位大厨师回答得很妙："你还想吃那时候的菜呀，那时候你们来一趟我们要忙好几天！"

　　这话说到点子上了，如果按照那时的水平，两三个厨师为我们忙三天，这三天的工资是多少钱！再加上一只红炉专门为我们服务，不能做其他的生意。那原料就不能谈了，鸡要散养的，甲鱼要天然的，人工饲养的鱼虾不鲜美，大棚里的蔬菜无原味……对于那些志在于"尝尝味道"的人来说，这些都是差不了半点。当然，要恢复"那时候的菜"也不是不可能，那就不是每人出四块钱了，至少要四百块钱才能解决问题。周先生再也不能每个月召开两次小组会了，四百块钱要写一个万字左右的短篇，一个月是绝不会写出两篇来的。到时候不仅是范烟桥先生要忘记带钱了，可能是所有的人钱包都忘记在家里。所以我开头便说，当美食家要比当作家难，谁封我是美食家便是提升了一级，谢谢。

域外杂谈·食

文/王小波

　　到了国外吃过各种各样的东西，其中有些很难吃。中国人假如讲究吃喝的话，出国前在这方面可得有点精神准备。比方说，美国人请客吃烤肉，那肉基本上是红色的。吃完了我老想把舌头吐出来，以为自己是个大灰狼了。至于他们的生菜色拉，只不过是些胡乱扯碎的生菜叶子。文学界的老前辈梁实秋有吃后感如下：这不是喂兔子吗？当然，在一个地方待久了，就会发现哪些东西是能吃的。在美国待了一两年，就知道快餐店里的汉堡包、烤鸡什么的，咱们都能吃。要是美国卖的pizza（比萨）饼，那就更没问题了。但是离开美国就要傻眼。到欧洲玩时，我在法国买过大米色拉，发现是些醋泡的生米，完全不能下咽。在意大利又买过pizza（比萨）饼，发现有的太酸，有的太腥，虽然可以吃，味道完全不对。最主要的是pizza（比萨）顶上那些好吃的融化的奶酪全没了，只剩下番茄酱，还多了一种小咸鱼。后来我们去吃中国饭。在剑桥镇外一个中国饭馆买过一份炒饭，那些饭真是掷地有声。后来我给我哥哥写信，说到了那些饭，认为可以装进猎枪去打野鸭子。那种饭馆里招牌虽然是中文，里外却找不到一个中国人。

这种事不算新鲜，我在美国住的地方不远处，有一家饭馆叫竹园，老是换主。有一阵子业主是泰国人，缅甸人掌勺，牌子还是竹园，但是炒菜不放油，只放水。在美国我知道这种地方，绝不进去。当然，要说我在欧洲会饿死，当然是不对的。后来我买了些论斤卖的烤肉，用啤酒往下送，成天醉醺醺的。等到从欧洲回到美国时，已经瘦了不少，嘴角还老是火辣辣的，看来是缺少维生素。咱们中国人到什么地方去，背包里几包方便面都必不可少。有个朋友告诉我说，假如没有方便面，他就饿死在从北京开往莫斯科的火车上了。

据我所知，孔夫子要是现在出国，一定会饿死，他老人家割不正食，但是美国人烤肉时是不割的，要割在桌上割。而那些餐刀轻飘飘的，用它们想割正不大可能。他老人家吃饭要有好酱佐餐。我待的地方有个叫北京楼的中国菜馆，卖北京烤鸭。你知道人家用什么酱抹烤鸭吗？草莓酱。他们还用春卷蘸苹果酱吃。就是这种莫名其妙的吃法，老外们还说好吃死了。

孔夫子他老人家要想出国，假如不带厨子的话，一定要学会吃 ketchup（番茄酱），这是美国人所能做出的最好的酱了。这种番茄酱是抹汉堡包的，盛在小塑料袋里。麦当劳店里多得很，而且不要钱。每回我去吃饭，准要顺手抓一大把，回来抹别的东西吃。他老人家还要学会割不正就食，这是因为美式菜刀没有钢火（可能是怕割着人），切起肉来总是歪歪扭扭。

西部主义·羊肉泡馍

文 / 于坚

　　在西安的时候，我带着一位澳大利亚的朋友去吃羊肉泡馍，进得店，坐下，几个白生生的馍就端上来，说时迟那时快，老外已经捉住一馍，咬将下去，赶紧叫道，吃不得呢哥哥，是生的。只好停下来，无论在路上如何心急火燎地紧赶慢赶，从高速公路来，坐喷汽式飞机来，但进了羊肉泡馍店，你就必须按照古老的时间，慢下来，而且越慢呢，你那碗羊肉泡馍才越吃得到位。先是要去把手洗干净，然后坐下来，品口茶，再细细地把馍掰碎，约莫一刻钟，才由伙计把掰好的碎馍收去，有时十多分钟，再端回，这才是吃的时候。如果急着吃，把馍掰得大块大块的，还是吃不稳，也勉强吃吧，后来发现再热的羊肉汤也泡不软，咬到核心，还是夹生。所以一定要慢下来，慢下来，要漫不经心地掰，把馍一点点掰到花生米大小，要东张西望，百无聊赖，可以想点自己的心事，中国的思想就是在这种时候出现的，掰馍的时候，嗑瓜子的时候，上厕的时候，对着梅花发呆的时候，而不是罗丹大师雕塑的那个"思想者"一本正经的架势。莫去想火车开车的时间，也莫去担心停在外面的私家汽车，要心如死灰，要像茶叶一样慢慢往茶杯底沉下去，要慢到看见从窗子里投进来的日影如何探着猫须，从凉菜碟爬到了茶杯盖附近。这时候你的馍就掰好了，适才一张硬馍，现在蓬松松地成了一大碗，松了，解放了，面团像棉花一样一朵朵开放着，身上的汗也凉了，心也静了，富贵或者贫贱，也成浮云了，外面等着的什么，也忘得一干二净了。于是伙计躬身上来，把你的馍端走，留给你一个牌——5号，谁掰的馍就是谁掰的馍，决不会混为一谈，端下去是你的那碗，抬回来还是你的那碗。都说羊肉泡馍了得，其实味道如何，只有自己心里有数。一个老西安掰的馍与外地人掰的馍是完全不同的，心里挂着迟到要扣工资的白领与无所事事、吃饱了馍要去碑林看刻着黄庭坚手迹的那块石头的老李掰的馍有天壤之别。口感的层次完全不同，都说好吃，但体验的绝不是同一个标准的好。与麦当劳卖的馍不同，那里的馍都是一样的，计算好了的，配方、火候、时间长短。放在纽约的马嘴里与北京的牛嘴里并没有什么不同。掰馍的耐心还在于，有人肚子小，只掰一个就够了，你肚子大，要掰两个，人家的都掰好了，端走又端回来，并且呼哧呼哧，酣畅淋漓起来了，你要视而不见，目中无人，继续掰你的，还要更慢些，让那个埋头猛喝的忽然觉得他的速度有辱斯文，有早泄之嫌。比快容易，比慢就难了。西安有一家百年老店，什么都不做，就做一块钱一个的馍。太慢了，四代人下来，就做了一个馍。我以为是什么了不起的地方，找去，不过是在一条脏乱差的小街上，夹在肉夹馍店和炒货店之间的一条黑乎乎的缝，门口支着炉子，而且还过了中午十二点就不卖了。西安有一个出租汽车司机，吃这家的馍已经吃了四十年，还要吃下去。终于，掰好的馍被伙计抬进去了，搞一搞，他们在后面搞什么，你不必操心，那是一个家族的秘方，味道、信用、尊严、什么什么的少许和灵感。稍顷，再抬回来，已经是热腾腾、黏糊糊、摊着羊肉、红椒什么的一碗。就提起筷子要动手，慢着，先剥个蒜，再兑点醋，然后呢，想怎么整怎么整，但还是要慢些，烫得很，要慢慢品味，味道是沁出来的，不是一嘴咬出来的。

我把从长安传到西安的羊肉泡馍看成日常生活中的一个"慢的仪式"，此类的仪式组成了昔日中国社会日常生活的基础，在中国，生活的意义就是现在、此时此地，羊肉泡馍的仪式就是体验感受人生的过程。当你掰着馍的时候，你就像一个农民在收获、劳动，意识到你的手和身体、（天天吃羊肉泡馍的，甚至要把自己的手指掰到肿、掰出老茧）意识到面粉、而不只是食物的名称，你重新意识到粮食，以及那些大地上的耕作者，因为吃到嘴是这么慢，这么费力，你会珍惜和敬畏。

在西方，生活的方向是前面、远方，麦当劳的吃法，是为了让你赶路，麦当劳怎么吃也是维生素的意思。馍的意思却是，这就是生活的味道。为什么中国把吃吃成了"味的道"，因为对存在的理解不同。今日西方那些最前卫的智慧倒是已经有些要慢下来的意思，前几日看米兰·昆德拉的小说《慢》，他写道："跑步的人与摩托车手相反，身上总有自己的存在，总是不得不想到水泡和喘气，当他跑步时，他感到自己的体重、年纪，就比任何时候都意识到自身与时间。"他说的是跑。他怎么不说散步呢？他的说法颇有魏晋风度，嵇康、阮籍者流骑在马上还嫌快，要坐在牛车上看风景。在当下中国这可不是什么前卫，而是"需要抛弃的传统思想"。

谈吃

文 / 夏丏尊

　　说起新年的行事，第一件在我脑中浮起的是吃。回忆幼时一到冬季就日日盼望过年，等到过年将届就乐不可支，因为过年的时候，有种种乐趣，第一是吃的东西多。

　　中国人是全世界善吃的民族。普通人家，客人一到，男主人即上街办吃场，女主人即入厨罗酒浆，客人则坐在客堂里嗑瓜子，耳听碗盏刀俎的声响，等候吃饭。吃完了饭，大事已毕，客人拔起步来说"叨扰"，主人说"没有什么好的待你"，有的还要苦留："吃了点心去""吃了夜饭去"。

　　遇到婚丧，庆吊只是虚文，果腹倒是实在。排场大的大吃七日五日，小的大吃三日一日。早饭，午饭，点心，夜饭，夜点心，吃了一顿又一顿，吃得来不亦乐乎，真是酒可为池，肉可成林。

过年了，轮流吃年饭，送食物。新年了，彼此拜来拜去，讲吃局。端午要吃，中秋要吃，生日要吃，朋友相会要吃，相别要吃。只要取得出名词，就非吃不可，而且一吃就了事，此外不必有别的什么。

小孩子于三顿饭以外，每日好几次地向母亲讨铜板，买食吃。普通学生最大的消费不是学费，不是书籍费，乃是吃的用途。成人对于父母的孝敬，重要的就是奉甘旨①。中馈②自古占着女子教育上的主要部分。"食不厌精，脍不厌细""沽酒，市脯""割不正"，圣人不吃。梨子蒸得味道不好，贤人就可以出妻。家里的老婆如果弄得出好菜，就可以骄人。古来许多名士至于费尽苦心，别出心裁，考案出好几部特别的食谱来。

不但活着要吃，死了仍要吃。他民族的鬼只要香花就满足了，而中国的鬼仍旧非吃不可。死后的饭碗，也和活时的同样重要，或者还更重要。普通人为了死后的所谓"血食"③，不辞广蓄姬妾，预置良田。道学家为了死后的冷猪肉，不辞假仁假

---

① 献上美好的食品。
② 指妇女在家里主管的饮食等事。
③ 指祭祀。古时杀牲取血，用以祭祀，所以叫"血食"。

义，拘束一世。朱竹^①宁不吃冷猪肉，不肯从其诗集中删去《风怀二百韵》的艳诗，至今尤传为难得的美谈，足见冷猪肉牺牲不掉的人之多了。

不但人要吃，鬼要吃，神也要吃，甚至连没嘴巴的山川也要吃。有的但吃猪头，有的要吃全猪，有的是专吃羊的，有的是专吃牛的，各有各的胃口，各有各的嗜好，古典中大都详有规定，一查就可知道。较之于他民族的对神只作礼拜，似乎他民族的神极端唯心，中国的神倒是极端唯物的。

梅村^②的诗道"十家三酒店"，街市里最多的是食物铺。俗语说"开门七件事"，家庭中最麻烦的不是教育或是什么，乃是料理食物。学校里最难处置的不是程度如何提高，教授如何改进，乃是饭厅风潮。

俗语说得好，只有"两脚的爷娘不吃，四脚的眠床不吃"。中国人吃的范围之广，真可使他国人为之吃惊。中国人于世界普通的食物之外，还吃着他国人所不吃的珍馐：吃西瓜的实，吃鲨鱼的鳍，吃燕子的窠，吃狗，吃乌龟，吃蛇，吃狸猫，吃癞蛤蟆，吃癞头鼋，吃小老鼠。有的或竟至吃到小孩的胞衣以及直接从人身上取得的东西。如果能够，怕连天上的月亮也要挖下来尝尝哩。

---

① 朱竹（1629—1709），即清朝文学家朱彝尊。竹（chá）是他的号。浙江秀水（现在浙江嘉兴）人。通经史，能诗词古文。

② 梅村（1609—1672），即明末清初诗人吴伟业。梅村是他的号。江苏太仓人。著有《梅村集》四十卷。

至于吃的方法，更有五花八门，有烤，有炖，有蒸，有卤，有烩，有醉，有炙，有熘，有炒，有拌，真正一言难尽。古来尽有许多做菜的名厨师，其名字都和名卿相一样煊赫地留在青史上。不，他们之中有的并升到高位，老老实实就是名卿相。如果中国有一件事可以向世界自豪的，那么这并不是历史之久，土地之大，人口之众，军队之多，战争之频繁，乃是善吃的一事。中国的菜肴已征服了全世界了。有人说中国人有三把刀为世界所不及，第一把就是厨刀。

不见到喜庆人家挂着的福禄寿三星图吗？福禄寿是中国民族生活上的理想。画上的排列是禄居中央，右是福，寿居左。禄也者，拆穿了说就是吃的东西。老子也曾说过："虚其心实其腹""圣人为腹不为目"。吃最要紧，其他可以不问。"嫖赌吃着"之中，普通人皆认为吃最实惠。所谓"着威风，吃受用，赌对冲，嫖全空"，什么都假，只有吃在肚里是真的。

吃的重要更可于国人所用的言语上证之。在中国，吃字的意义特别复杂，什么都会带了"吃"字来说。被人欺负曰"吃亏"，打巴掌曰"吃耳光"，希求非分曰"想吃天鹅肉"，诉讼曰"吃官司"，中枪弹曰"吃卫生丸"，此外还有什么"吃生活""吃排头"，等等。相见的寒暄，他民族说"早安""午安""晚安"，而中国人则说："吃了早饭没有？""吃了中饭没有？""吃了夜饭没有？"对于职业，普通也用吃字来表示，营什么职业就叫作吃什么饭，"吃赌饭""吃堂子饭""吃洋行饭""吃教书饭",诸如此类,不必说了。甚至对于应以信仰为本的宗教者,应以保卫国家为职志的军士,也都加吃字于上。在中国,教徒不称信者,叫作"吃天主教的""吃耶稣教的",从军的不称军人,叫作"吃粮的",最近还增加了什么"吃党饭"的许多新名词。

衣食住行为生活四要素,人类原不能不吃。但吃字的意义如此复杂,吃的要求如此露骨,吃的方法如此麻烦,吃的范围如此广泛,好像除了吃以外就无别事也者,求之于全世界,这怕只有中国民族如此的了。

在中国,衣不妨污浊,居室不妨简陋,道路不妨泥泞,而独在吃上分毫不能马虎。衣食住行的四事之中,食的程度远高于其余一切,很不调和。中国民族的文化,可以说是口的文化。

佛家说六道轮回,把众生分为天、人、修罗、畜生、地狱、饿鬼六道。如果我们相信这话,那么中华民族是否都从饿鬼道投胎而来,真是一个疑问。

吃菜根

文/孙犁

人在幼年，吃惯了什么东西，到老年，还是喜欢吃。这也是一种习性。

我在幼年，是吃五谷杂粮长大的，是吃蔬菜和野菜长大的。如果说，到了现在，身居高楼，地处繁华，还不忘糠皮野菜，那有些近于矫揉造作；但有些故乡的食物，还是常常想念的，其中包括"甜疙瘩"。

甜疙瘩是油菜的根部，黄白色，比手指粗一些，肉质松软，切断，放在粥里煮，有甜味，也有一些苦味，北方农民喜食之。

蔓菁的根部，家乡也叫"甜疙瘩"。两种容易相混，其食用价值是一样的。

母亲很喜欢吃甜疙瘩，我自幼吃的机会就多了。实际上，农民是把它当作粮食看待，并非佐食材料。妻子也喜欢吃，我们到了天津，她还在菜市买过蔓菁疙瘩。

我不知道，当今的菜市，是否还有这种食物，但新的一代青年，以及他们的孩子，肯定不知其为何物，也不喜欢吃它的。所以我偶然得到一点，总是留着自己享用，绝不叫他们尝尝的。

古人常用嚼菜根教育后代，以为菜根不只是根本，而且也是一种学问。甜味中略带一种清苦味，其妙无穷，可以著作一本"味根录"。其作用，有些近似忆苦思甜，但又不完全一样。

事实是：有的人后来做了大官，从前曾经吃过苦菜。但更多的人，吃了更多的苦菜，还是终身受苦。叫吃巧克力、奶粉长大的子弟"味根"，子弟也不一定能领悟其道；能领悟其道的，也不一定就能终身吃巧克力和奶粉。

我的家乡，有一种地方戏叫"老调"，也叫"丝弦"。其中有一出折子戏叫"教学"。演的是一个教私塾的老先生，天寒失业，沿街叫卖，不停地吆喝："教书！""教书！"最后，抵挡不住饥肠辘辘，跑到野地里去偷挖人家的蔓菁。

这可能是得意的文人写剧本奚落失意的文人。在作者看来，这真是斯文扫地了，必然是一种"失落"。因为在集市上，人们只听见过卖包子、卖馒头的吆喝声，从来没有听见过卖"教书"的吆喝声。

　　其实，这也是一种没有更新的观念，拿到商业机制中观察，就会成为宏观的走向。

　　今年冬季，饶阳李君，送了我一包油菜甜疙瘩，用山西卫君所赠棒子面煮之，真是余味无穷。这两种食品，用传统方法种植，都没有使用化肥，味道纯正，实是难得的。

生活的一种

门前冷落，恰好，

能植竹看风行，能养菊赏瘦，能识雀爪文。

七月长夏睡翻身觉，醒来能知"知了"声了之时。

市集

文/沈从文

廉纤的毛毛细雨，在天气还没有大变以前欲雪
未能的时节，还是霏霏微微落将下来。一个小小乡
场，位置在又高又大陡斜的山脚下，前面濒着躺躺
儿的河，被如烟如雾雨丝织成的帘幕，一起把它蒙
罩着了。

照例的三八市集，还是照例的有好多好多乡下
人，小田主，买鸡到城里去卖的小贩子，花幞头大
耳环丰姿隽逸的苗姑娘，以及一些穿灰色号裤子口
上说是来察场讨人烦腻的副爷们，与穿高筒子老牛
皮靴的团总，各从附近的乡村来做买卖。他们的草
鞋底半路上带了无数黄泥浆到集上来，又从场上大

坪坝内带了不少的灰色浊泥归去。去去来来，人也数不清多少。

集上的骚动，吵吵闹闹，凡是到过南方（湖湘以西）乡下的人，是都会知道的。

倘若你是由远远的另一处地方听着，那种喧嚣的起伏，你会疑心到是滩水流动的声音了！

这种洪壮的潮声，还只是一般做生意人在讨论价钱时很和平的每个论调而起。就中虽也有遇到卖牛的场上几个人像唱戏黑花脸出台时那么大喊大嚷找经纪人，也有因秤上不公允而起口角——你骂我一句娘，我又骂你一句娘，你又骂我一句娘……然而究竟还是因为人太多，一两桩事，实在是万万不能做到的！

卖猪的场上，他们把小猪崽的耳朵提起来给买主看时，那种尖锐的嘶喊声，使人听来不愉快至于牙齿根也发酸。

卖羊的场上，许多美丽驯服的小羊儿咩咩地喊着。一些不大守规矩的大羊，无聊似的，两个把前蹄举起来，作势用前额相碰。大概相碰是可以驱逐无聊的，所以第一次匆匆的碰后，却又作势立起来为第二次预备。牛场却单独占据在场左边一个大坪坝，因为牛的生意在这里占了全部交易四分之一以上。那里四面搭起无数小茅棚（棚内卖酒卖面），为一些成交后的田主们喝茶喝酒的地方。那里有大锅大锅煮得"稀糊之烂"的牛脏类下酒物，有大锅大锅香喷喷的肥狗肉，有从总兵营一带担来卖的高粱烧酒，也还有城里馆子特意来卖面的。

假若你是城里人来这里卖面，他们因为想吃香酱油的缘故，都会来你馆子，那么，你生意便比其他铺子要更热闹了。

到城里时，我们所见到的东西，不过小摊子上每样有一点罢了！这里可就大不相同。单单是卖鸡蛋的地方，一排一排地摆列着，满筐满筐地装着，你数过去，总是几十担。辣子呢，都是一屋一屋搁着。此外干了的黄色草烟，用为染坊染布的五倍子和栎木皮，还未榨出油来的桐茶子，米场白濛白濛了的米，屠桌上大只大只失了脑袋刮得净白的肥猪……都多得怕人。

不大宽的河下，满泊着载人载物的灰色黄色小艇，一排排挤挤挨挨地相互靠着也难于数清。

集中是没有什么统系制度。虽然在先前开场时，总也有几个地方上的乡约伯伯、团总、守汛的把总老爷，口头立了一个规约，卖物的照着生意大小缴纳千分之几——或至万分之几，但也有百分之几——的场捐，或经纪佣钱、棚捐，不过，假若你这生意并不大，又不需经纪人，则不须受场上的拘束，可以自由贸易了。

到这天，做经纪的真不容易！脚底下笼着他那双厚底高筒的老牛皮靴子（米场的），为这个爬斗，为那个倒笋筐。

（牛羊场的）一面为这个那个拉拢生意，身上让卖主拉一把，又让买主拉一把；一面又要顾全到别的地方因争持时闹出岔子的调排，委实不是好玩的事啊！大概他们声音都略略嚷得有点嘶哑，虽然时时为别人扯到馆子里去润喉。不过，他今天的收入，也就很可以酬他的劳苦了。

……

因为阴雨，又因为做生意的人各都是在别一个村子里住家，有些还得在散场后走到二三十里路的别个乡村去；有些专靠漂场生意讨吃的还待赶到明天那个场上的生意，所以散场很早。

不到晚炊起时，场上大坪坝似乎又觉得宽大空阔起来了！……再过些时候，除了屠桌下几只大狗在啃嚼残余因分配不平均在那里不顾命的奋斗外，便只有由河下送来的几声清脆篙声了。

归去的人们，也间或有骑着家中打筛的雌马，马项颈下挂着一串小铜铃叮叮当当跑着的，但这是少数；大多数还是赖着两只脚在泥浆里翻来翻去。他们总笑嘻嘻地担着箩筐或背一个大竹背笼，满装上青菜、萝卜、牛肺、牛肝、牛肉、盐、豆腐、猪肠子一类东西。手上提的小竹筒不消说是酒与油。有的拿草绳套着小猪小羊的颈项牵起忙跑；有的肩膊上挂了一个毛蓝布绣有白四季花或"福"字、"万"字的褡裢，赶着他新买的牛（褡裢内当然已空）；有的却是口袋满装着钱心中满装着欢喜，——这之间各样人都有。

我们还有机会可以见到许多令人妒羡，赞美，惊奇，又美丽，又娟媚，又天真的青年老奶（苗小姐）和阿玡（苗妇人）。

一九二五年三月二十日于窄而霉小斋作

关于家务

文 / 王安忆

意愿像和人闹着玩似的，渴望得那么迫切，实现却又令人失望。为了"距离产生魅力"的境界，我与丈夫立志两地分居。可不过两年，又向往起一地的生活。做了多少夜梦和昼梦，只以为到了那一天，便真正的幸福了，并且自以为我们的幸福观经受了生活严峻的考验。而终于调到一地的时候，却又生出无穷的烦恼。

原先，我们的小窝不开伙仓，单身的日子也过得单纯，可调到一地，正式度日，便再不好意思天天到娘家坐吃，自己必须建立一份家务。

我们在理论上先明确了分工，他买菜、洗衣、洗碗，我烧饭。

他的任务听起来很伟大，一共有三项，而我是一项。可事实上，家务里除了有题目的以外，还有更多更多没有名字、细碎的羞于出口的工作。他每日里八小时坐班，每天早上，洗过脸，吃过早饭，便骑着自行车，迎着朝阳上班去，一天很美好地开始了。而我还须将整个家收拾一遍，衣服晾出去——他只管洗，晾、晒、收、叠均不负责。床铺好、扫地、擦灰，等一切弄好，终于在书桌前坐下的时候，已经没了清晨的感觉。他在办公室里专心致志地工作，休息的时候，便骑车出去转一圈，买来鱼、肉或蔬菜，众目睽睽之中收藏在办公桌下，当人们问起他在家干什么的时候，他亦可很响亮地回答："除了买菜，还洗碗、洗衣服。"十分模范的样子。于是，不久单位里对他便有了极高的评价：勤快、会做，等等。而谁也不会知道，我在家里一边写作一边还须关心着水开了冲水，一会儿，里弄里招呼着去领油粮票，一会儿，又要领八元钱的生活补助费……多少工作是默默无闻的，都归我在做着，却没有一声颂扬。

并且，家务最重要的不仅是动手去做，而且要时时想着。比如，什么时候要洗床单了，什么时候要扫尘了，什么时候要去洗染店取干洗的衣服，什么时候要卖废纸了……这些，全是我在想着，如有一桩想不到，他是不会主动去做的。最最忙乱的是早晨，他赶着要上班，我也急着打发他走，可以趁早写东西。要做的事情多得数不清，件件都在眼前，可即使在我刷牙而无法说话的那一瞬间，他也会彷徨起来不知所措。虽是他买菜，可是买什么还须我来告诉他，只有一样东西他是无须交代也会去办的，那便是买米买面包，在农村多年的插队生活，使他认识到，粮食是最重要的，只要有了粮食，别的都不重要了。所以，米和面包吃完的时候，也是他最慌乱和最积极的时候。平心而论，他是很够勤勉了，只要请他做，他总是努力。比如有一次我有事不能赶回家做饭，交代给了他。回来之后，便见他在奔忙，一头的汗，一身的油，围裙袖套全副武装，桌上地下铺陈得像办了一桌酒席，确也弄出了三菜一汤，其中一个菜是从汤里捞出来装盆独立而成的，因为曾听我说过，汤要炖得碧清才是功夫，于是就给了我一个清澈见底的汤。可是，他干这一切的时候却总有着为别人代劳的心情。洗茶杯，他会说："茶杯给你洗好了。"买米，他则说："米给你买来了。"弄到后来，我也传染了这种意识。请他拿碗，就说："帮我拿一只碗。"请他盛饭，说："帮我盛盛饭。"其实，他应该明白，即使他手里洗的是我的一件衣服，这也是我们共同的工作。可是，他不很明白。

以往我是很崇拜高仓健这样的男性的，高大、坚毅，从来不笑，似乎承担着一世界的苦难与责任。可是渐渐地，我对男性的理想越来越平凡了，我希望他能够体谅女人，为女人负担哪怕是洗一只碗的渺小的劳动。需男人到虎穴龙潭抢救女人的机会似乎很少，生活越来越被渺小的琐事充满。都市文明带来了紧张的生活节奏，人越来越密集地存在于有限的空间里，只需挤汽车时背后有力的一推，便也可解决一点辛苦，自然这是太不伟大，太不壮丽了。可是，事实上，佩剑时代已经过去了。

曾有个北方朋友对我大骂上海"小男人"，只是因为他们时常提着小菜篮子去市场买菜，居然还要还价。听了只有一笑，男人的责任如将只扮演成一个雄壮的男子汉，让负重的女人欣赏爱戴，那么，男人则是正式地堕落了。所以，我对男性影星的迷恋，渐渐地从高仓健身上转移到美国的达斯汀·霍夫曼身上。他在《午夜牛郎》中扮演一个流浪汉，在《毕业生》中扮演刚毕业的大学生，在《克雷默夫妇》里演克雷默。他矮小、瘦削、貌不惊人，身上似乎消退了原始的力感，可却有一种内在的、能够应付瞬息万变的世界的能力。他能在纽约乱糟糟的街头生存下来，能克服青春的虚无与骚乱终于有了目标，能在妻子出走以后像母亲一样抚养儿子——看着他在为儿子煎法国面包，为儿子系鞋带，为儿子受伤而流泪，我几乎以为这就是男性的伟大了，比较起来，高仓健之类的男性便只成了诗歌里和图画上的男子汉了。

生活很辛苦，要工作，还要工作得好……要理家，谁也不甘比别人家过得差。为了永远也做不尽的家务，吵了无数次的嘴，流了多少眼泪，还罢了工，可最终还得将这日子过下去，这日子却也吸引着人过下去。每逢烦恼的时候，他便用我小说里的话来刻薄我："生活就是这样，这就是生活。"这时方才觉出自己小说的浅薄，可是再往深处想了，仍然是这句话：这就是生活。有着永远无法解决的矛盾，却也有同样令人不舍的东西。

虽有着无穷无尽的家务，可还是有个家好啊，还是在一地的好啊。房间里有把男人用的剃须刀，阳台上有几件男人的衣服晾着，便有了安全感似的心定了；逢到出差回家，想到房间里有人等着，即使这人将房间糟蹋得不成样子，心里也是高兴的。反过来想，如若没有一个人时常地吵吵嘴，那也够冷清的；如若没有一大摊杂事打扰打扰，每日尽爬格子又有何乐趣，又能爬出什么名堂？想到这些，便心平气和了。何况，彼此都在共同生活中有了一点进步，他日益增进了责任心，紧要时候，也可朴素地制作一菜一汤。我也去掉一点大小姐的娇气，正视了现实。总之，既然耐不住孤独要有个家，那么有了家必定就有了家务，就只好吵吵闹闹地做家务了。

生活的一种

文 / 贾平凹

院再小也要栽柳，柳必垂。晓起推窗如见仙人曳裙侍立；月升中天，又是仙人临镜梳发。蓬屋常伴仙人，不以门前未留小车辙印而憾。能明灭萤火，能观风行。三月生绒花，数朵过墙头，好静收过路女儿争捉之笑。

吃酒只备小盅，小盅浅醉，能推开人事、生计、狗咬、索账之恼。能行乐，吟东坡"吾上可陪玉皇大帝，下可以陪卑田院乞儿"，以残墙补远山，以水盆盛太阳，敲之熟铜声。能嘿嘿笑，笑到无声时已祖胸睡卧柳下，小儿知趣，待半小时后以唾液蘸其双乳，凉透心臆即醒，自不误了上班。

出游踏无名山水，省却门票，不看人亦不被人看。脚往哪儿，路往哪儿，喜瞧巉岩钩心斗角，倾听风前鸟叫声硬。云在山头登上山头云却更远了，遂吸清新空气，意尽而归。归来自有文章做，不会与他人同，既可再次意游，又可赚几个稿费，补回那一双龙须草鞋钱。

读闲杂书，不必规矩，坐也可，站也可，卧也可。偶向墙根，水蚀斑驳，瞥一点而逮形象，即与书中人、物合，愈看愈肖。或听室外黄鹂，莺莺恰恰能辨鸟语。

与人交，淡，淡至无味，而观知极味人。可邀来者游华山"朽朽桥头"，敢亡命过之将"××到此一游"书于桥那边崖上，不可近交。不爱惜自己性命焉能爱人？可暗示一女子寄求爱信，立即复函意欲去偷鸡摸狗者不交。接信不复冷若冰霜者亦不交，心没同情岂有真心？门前冷落，恰好，能植竹看风行，能养菊赏瘦，能识雀爪文。七月长夏睡翻身觉，醒来能知"知了"声了之时。

养生不养猫，猫狐媚。不养蛐蛐，蛐蛐斗殴残忍，可养蜘蛛，清晨见一丝斜挂檐前不必挑，明日便有纵横交错，复明日则网精美如妇人发罩。出门望天，天有经纬而自检行为，朝露落雨后出日，银珠满缀，齐放光芒，一个太阳生无数太阳。墙角有旧网亦不必扫，让灰尘蒙落，日久绳粗，如老树盘根，可作立体壁画，读传统，读现代，常读常新。

要日记，就记梦。梦醒夜半，不可睁目，慢慢坐起回忆静伏入睡。梦复续之。梦如前世生活，或行善，或凶杀，或作乐，或受苦，记其迹体验心境以察现实，以我观我而我自知，自知乃于嚣烦尘世则自立。

出门挂锁，锁宜旧，旧锁能避蟊贼破损门，屋中箱柜可在锁孔插上钥匙，贼来能保全箱柜完好。

邮情

文/肖复兴

　　五十年代，在北京王府井的集邮公司可以买到
外国邮票。那里橱窗展销、门内外集邮爱好者手中
转卖的邮票，名目繁多且价格不贵。小学五年级时，
我常到那里去，用积攒下的可怜巴巴的早点钱、车
费买回不少爱不释手的邮票。两年下来，我集下为
数可观的一本邮集。我就是从那时候爱上了集邮。
如果不是上中学后妈妈突然吐血病倒，我绝不会把
心爱的邮集卖掉。其实，能卖几个钱呢？能给妈妈
抓几服药呢？不过杯水车薪而已。

　　转眼现在我自己有了儿子。儿子比我还早就喜
欢上了集邮，磨着我帮他找邮票、买邮票。不知不觉，

我竟随儿子一起又集起邮来。几年下来，他集的动物邮票，我集的人物邮票，各自有了几大本。沉浸在方寸之间，常让我感受到与外界喧嚣迥异的一种难得的温馨氛围，仿佛又回到遥远的童年。

无论国内国外出差，我总要拜谒当地的邮市。买邮票成了生活中一种无可取代的乐趣，犹如女人逛商店，百逛不厌，即便什么都不买，心理收获也异常丰硕。当然，目前国内邮市转手为利，成版疯狂抛进抛出，实在不是集邮，而像倒弄股票。但偶尔碰见几位真正的邮迷，不期然间买到几枚渴望已久的邮票，真如拾得果实盈筐，意外的喜悦恰似故友相逢。当我分别花上几元钱，买到一九六八年纪念音乐家库泊兰诞辰三百周年的法国邮票、一九七八年舒伯特逝世一百五十周年纪念的奥地利邮票，甚至极偶然买到极难买到的几枚丹麦一九三五年发行的纪念安徒生的邮票，活脱脱如年轻人买到什么紧俏商品一样喜出望外。至于买到爱尔兰纪念诗人叶芝一百周年诞辰的邮票，意大利纪念戏剧家皮兰德娄和音乐家罗西尼的邮票，芬兰纪念本国最伟大的诗人、芬兰国歌作者鲁内贝里的邮票……不过才几角钱一枚——等于白送。拿着邮票我直觉得进入一种童话世界，俯拾皆是一簇簇珍奇的蘑菇或山果。

有一次黄昏时分，天下着蒙蒙小雨，邮市快关门了，人已稀疏零落。我想大概会一无所获，却又不甘心，还是去碰碰运气。谁想到在一个小伙子手中竟一眼看到挪威发行的纪念诺贝尔文学奖获得者比昂松和温塞特的邮票。这是我一直想找的两枚邮票，甚至托过国外和在挪威驻华大使馆工作的朋友，却踏破铁鞋无觅处，突然在这里见到，意外的激动难以言说。当时只怕小伙子不卖给我，不想小伙子一元钱便爽快而轻松地从邮集中"夹"出了这两位大文学家。

邮票抚慰着我，向我诉说着无穷的故事，让我一遍遍翻看，一遍遍与这些艺术大师倾心交融。那是读他们作品、听他们音乐时读不到、听不出的一种意境、一种旋律。集邮的"集"字最耐人寻味，若不是众里寻他千百度，便难有如此奥妙。仿佛我真跋山涉水迢迢千里寻找着他们，终于叩响他们的门扉，终于亲自握住了他们的手一样，一下子让我和他们无比亲近，相互读懂听懂了彼此的心。

在同一座大楼的同事都知道我喜欢集邮，出国访问归来，总不忘给我带回几枚国外新出的邮票。图书馆清理书籍卖掉过期杂志，负责图书馆的老人会将尘埋网封的旧《集邮》杂志特意留下送给我。大扫除时发现几枚新鲜有趣的邮票，大家会说："给老肖，这家伙肯定如获至宝！"即便到南迦巴瓦随登山队采访，也要从雪峰之巅寄给我当地一枚实寄明信片。就连单位的头头也知道我的爱好，圣诞节前后收到许多寄自国外信件上的邮票，会一一剪下笑吟吟送给我，知道这是给我的最好的圣诞礼物。

朋友自然更不会忘记。我的好朋友、诗人赵丽宏每次见到我，几乎都送我邮票，到国外访问时，会帮我买点儿邮票。前不久，一位读者寄给他几枚邮票，他也转送给我，里面居然有德国纪念卡夫卡、捷克纪念哈谢克、波兰纪念显克微支和莱蒙特两位诺贝尔文学家作家的邮票，而且每枚邮票都装有护票套，精美而细致，珍贵不在于票面上这些功名显赫的作家，而在邮票传递之中的意蕴。

我的一位学生远走欧洲攻读物理学博士，紧张奔忙于教室实验室之间，在凡·高逝世一百周年之际，也要跑到街上买一套荷兰新发行的纪念凡·高的邮票，特地盖上荷兰当地邮戳，一枚实寄封漂洋过海给我。邮票印得极美，一枚印有凡·高自画像；另一枚是凡·高画的田野风光的油画，让人一看就难以忘怀。当然，更难忘的是我的这位学生，我想象得出买这套邮票、寄这封信时，她奔波在荷兰一个叫"Delft"的小城汗珠挂在脸庞的情景。

邮票给予我邮票之外这如许珍贵的情意而使其增值。小小邮票，让我感到无比富有。方寸之间，拓宽我的生存空间。在冬夜大雪拥门或春夜细雨扑窗的时候，在心情郁闷、生活嘈杂之际，我常会打开邮集，翻看这些邮票，向邮票上这些文学艺术大师倾诉，也同这些近在咫尺或远在天涯的朋友交谈。我的心头便感到一阵温馨，湿润犹如窗外的细雨，纯净犹如天上的雪花……

去王府井北口往西拐一点儿，偶尔路过原来设在那里的集邮公司，早已面目皆非，现在变成了一家商店，各式时髦而鲜艳的流行装如万国旗迎风飘荡。每逢路过那里，我便想起三十多年前，一个瘦小的小男孩捧着一本集邮册跑到那里掏出皱巴巴可怜的几个钱买邮票的情景，总觉得恍然如梦，几分怅惘……

白发

文 / 冯骥才

人生入秋，便开始被友人指着脑袋说：

"呀，你怎么也有白发了？"

听罢笑而不答。偶尔笑答一句："因为头发里的色素都跑到稿纸上去了。"

就这样，嘻嘻哈哈、糊里糊涂地翻过了生命的山脊，开始渐渐下坡来。或者再努力，往上登一登。

对镜看白发，有时也会认真起来：这白发中的第一根是何时出现的？为了什么？思绪往往会超越时空，一下子回到了少年时——那次同母亲聊天，母亲背窗而坐，窗子敞着，微风无声地轻轻掀动母亲的头发，忽见母亲的一根头发被吹立起来，在夕照里竟然银亮银亮，是一根白发！这根细细的白发在风里柔弱摇曳，却不肯倒下，好似对我的召唤。我第一次看见母亲的白发，第一次强烈地感受到母亲也会老，这是多可怕的事啊！我禁不住过去扑在母亲怀里。母亲不知出了什么事，问我，用力想托我起来，我却紧紧抱住母亲，好似生怕她离去……事后，我一直没有告诉母亲这究竟为了什么。最浓烈的感情难以表达出来，最脆弱的感情只能珍藏在自己心里。如今，母亲已是满头白发，但初见她白发的感受却深刻难忘。那种人生感，那种凄然，那种无可奈何，正像我们无法把地上的落叶抛回树枝上去……

当妻子把一小酒盅染发剂和一支扁头油画笔拿到我面前，叫我帮她染发，我心里一动，怎么，我们这一代生命的森林也开始落叶了？我瞥一眼她的头发，笑道："不过两三根白头发，也要这样小题大做？"可是待我用手指撩开她的头发，我惊讶了，在这黑黑的头发里怎么会埋藏这么多的白发！我竟如此粗心大意，至今才发现。也正是由于这样多的白发，才迫使她动用这遮掩青春衰退的颜色。可是她明明一头乌黑而清香的秀发呀，究竟怎样一根根悄悄变白的？是在我不停歇的忙忙碌碌中、侃侃而谈中，还是在不舍昼夜的埋头写作中？是那些年在大地震后寄人篱下的茹苦含辛的生活所致？是为了我那次重病内心焦虑而催白的？还是那件事……几乎伤透了她的心，一夜间骤然生出这么多白发？

　　黑发如同绿草，白发犹如枯草；黑发像绿草那样散发着生命诱人的气息，白发却像枯草那样晃动着刺目的、凄凉的、枯竭的颜色。我怎样做才能还给她一如当年那一头美丽的黑发？我急于把她所有变白的头发染黑。她却说："你是不是把染发剂滴在我头顶上了？"

　　我一怔，赶忙用眼皮噙住泪水，不叫它再滴落下来。

　　一次，我把剩下的染发剂交给她，请她也给我的头发染一染。这一染，居然年轻许多！谁说时光难返，谁说青春难再，就这样我也加入了用染发剂追回岁月的行列。谁知染发是件愈来愈艰难的事情。不仅日日增多的白发需要加工，而且这时才知道，白发并不是由黑发变的，它们是从走向衰老的生命深处滋生出来的。当染过的头发看上去一片乌黑青黛，它们的根部又齐刷刷冒出一茬雪白。任你怎样去染，去遮盖，它还是茬茬涌现。人生的秋天和大自然的春天一样顽强。挡不住的白发啊！

　　开始时精心细染，不肯漏掉一根。但事情忙起来，没有闲暇染发，只好任它花白。染又麻烦，不染难看，渐而成了负担。

　　这日，邻家一位老者来访。这老者阅历深，博学又健朗，鹤发童颜，很有神采。他进屋，正坐在阳光里。一个画面令我震惊——他不单头发通白，连胡须眉毛也一概全白；在强光的照耀下，蓬松柔和，光明透彻，亮如银丝，竟没有一根灰黑色，真是美极了！我禁不住说，将来我也修炼出您这一头漂亮潇洒的白发就好了，现在的我，染和不染，成了两难。老者听了，朗声大笑，然后对我说：

"小老弟，你挺明白的人，怎么在白发面前糊涂了？孩童有稚嫩的美，青年有健旺的美，你有中年成熟的美，我有老来冲淡自如的美。这就像大自然的四季——春天葱茏，夏天繁盛，秋天斑斓，冬天纯净。各有各的美感，各有各的优势，谁也不必羡慕谁，更不能模仿谁，模仿必累，勉强更累。人的事，生而尽其动，死而尽其静。听其自然，对！所谓听其自然，就是到什么季节享受什么季节。哎，我这话不知对你有没有用，小老弟？"

我听罢，顿觉地阔天宽，心情快活。摆一摆脑袋，头上华发来回一晃，宛如摇动一片秋光中的芦花。

离别

文 / 林非

　　一个高昂和挺拔的背影，一个被抚摸着长得这么大的背影，终于消失在匆匆奔走的人群中间，消失在候机大厅的尽头。真可惜自己的眼睛无法跟着他拐弯，要不然的话，就能够瞧着他登上飞机了；更遗憾的是自己这双眼睛，无法看见地球的那一边，要不然的话，就能够瞧着他在芝加哥走下飞机了。

　　当我正忧郁地陷入沉思时，肖凤轻轻拉着我的手腕，我们的眼睛默默对视着，我怕她会哭起来，她却在凄婉的神情中，勉强地露出了笑容，像是自言自语地摇着头说："为什么不再回头瞧我们一眼？"

不算太大的候机厅，跨过去几十步路，就迈到了那一端，其实他已经有多少次回过头来。除非不远行，永远厮守在我们身边，否则总会有今天的别离，我们度过了多么闭塞和单调的青年时代，当儿子在吮吸着肖凤的乳汁时，我们甚至连做梦都不敢想象，这逗人喜爱的婴儿，能有远渡重洋去负笈留学的机会。

肖凤说过多少回，我们早已失掉这样走向世界的机会，应该让儿子去外面闯荡一番，认识整个的人类是如何打发自己日子的。大概是因为志向高的缘故，才出乎我的意料，止住了应该会流出的眼泪。

我们身旁有个也在送行的母亲，瞧着她儿子匆匆离去的背影，呜呜地哭了起来，我的心变得沉甸甸的，猜测着自己的儿子，此时已经坐在飞机上了吗？我突然回想起几十年前，自己比儿子还要年轻得多，最心疼我的母亲，希望我赶快离开令人忧伤的家乡，去上海的中学念书，于是在一个阳光明媚的早晨，当我跟她告别上路时，她眼睛里也闪烁着像肖凤这样痛楚的光芒，强打着精神嘱咐我："用功念书，别想念家里。"我当时丝毫也没有觉察，她这颗疼爱我的心，已经沉甸甸地坠落下去。只有在今天我才懂得了，因为我这颗沉甸甸的心，刚在往下坠落啊！可是我已经无法向她倾诉了，只有默默地祝愿她，在泉壤底下静静地安息。

肖凤怎么会变得如此坚强，竟还劝这位哭泣的母亲说："儿子去留学，多好的事儿，干吗要哭呢？"

我觉得自己的眼眶里，正涌动着泪水，绝对不敢开口说话，怕这轻轻的震颤，泪水会掉下来，我默默地拉着肖凤，悄悄地走开了。

回家的路上，望着一棵棵碧绿的大树在车窗外慌张地往后退去，像是很忙乱地跟我们挥手告别。我们轻轻地说话，回想儿子刚学会走路的那一阵，左手紧紧地拉住我，右手紧紧地拉住肖凤，也在绿茵茵的草地上迈步，也望着高耸的大树，望着天空里飘浮的白云，那一双乌黑的眼睛，闪烁着神往而又奇异的光芒，还老在咯咯地笑，我们一起瞧着他又大又亮的眼睛，想问他为什么笑，他当然还不会回答这样深奥的问题。

一个混混沌沌的儿童，怎么在霎时间就变成聪明潇洒的大学生了？怪不得我的头发全都花白了。

儿子有一回去天津讲课，询问我柏拉图和西塞罗的掌故，我虽然都读过一点儿，却还是回答得不好，而且他的许多兴趣和爱好，也已经跟我们迥然不同了，譬如他否定了我们在十多年前教他如何欣赏音乐的见解，认为那不是为了陶醉在迷人的旋律中，而是要宣泄人世间的烦恼和痛苦。肖凤曾背着儿子悄悄地跟我说："大人这么爱他，他有什么痛苦？"

"每一代人总会有自己的痛苦。"我迷惘地摇着头，顿时觉得儿子已经长大，已经走出了父母悉心给他营造的小天地。

在深夜里，三个人海阔天空地闲谈，是全家最欢乐的时辰。

肖凤提起了儿子的婚姻大事，这已经在她心里翻滚了许久。想不到平时总乐呵呵的儿子，竟带着点儿伤感，带着点儿嘲讽的口气说："你们两位教授的工资，加起来都不及一个卖菜的小贩挣得多，能有漂亮的女孩看得上生在这种家庭里的儿子？"

肖凤愤愤地说："人总得看本身的价值！"

"妈，收起你高雅的理想主义吧，它已经过时了。"儿子轻轻拍着肖凤的肩膀，阻止她再往下说，装得很深沉的样子笑了。

好胜的肖凤，却不愿跟儿子辩论，隔了一阵才悄悄地跟我说："克林顿够了不起了吧，可是在他母亲的眼里，永远是个小孩儿。"

就是在那天夜里，儿子说要去考"托福"和"GRE"。很快考完了，还考得真好，而且得到了芝加哥一所大学的奖学金。这时候我才清醒地意识到，儿子快要离开我们了。不是吗？他正坐在那一架远航的飞机上。

回家的路上，我们回忆着儿子的许多往事，仿佛刚开了个头，就到达了家中。推开门，觉得阴凄凄、冷飕飕的，尽管外面是晴朗和灼热的盛夏天气，往日的欢乐都到哪儿去了？哦，在那一架刚离开地面的飞机上。我又想起母亲送自己远行前的话："大丈夫志在四方！"是啊，总得这样一代代地活下去，总得让年长的一代，去咀嚼人世间这苦涩的滋味。

肖凤走进儿子的小屋里，轻轻抚摸着他写字的桌子，抚摸着他今天早晨还睡过的被褥，眼泪终于掉了下来。从今以后她会天天关心着芝加哥这陌生的城市，思念着儿子正在那儿干什么。她会永远悬着一颗心，祝福着那像谜一样遥远的地方。

潇洒人生

文 / 曾敏之

　　香港歌星叶倩文唱的《潇洒走一回》很能打动人心，引起共鸣。为什么能产生这样的艺术感染力呢？因为她唱出了浮生若梦的伤感，唱出了应当参透人生无常的意境，以醒悟的思想感情去过潇洒的生活，否则就会辜负青春。在"天地悠悠""潮起潮落"中寂然而逝，未免太遗憾了！

　　为了及时行乐，不要抱憾，"何不潇洒走一回"？

浮生与浮世

　　这首歌探其题旨，其实来自李白的《春夜宴从弟桃花园序》，李白写道——

> 夫天地者，万物之逆旅也，光阴者，百代之过
> 客也。
> 而浮生若梦，为欢几何？古人秉烛夜游，良有
> 以也。

李白正是有感于生命短促，世事无常，浮生若梦，所以要及时行乐。"书短苦夜长，何不秉烛游！"古诗十九首早就这样提了。"潇洒走一回"，就是及时行乐的同义语。

"浮生若梦"这句词，也不是李白独创，有更远的渊源。先秦诸子中的著作《庄子·刻意》篇就提道："其生若浮，其死若休。"以老庄为代表的虚无主义就形成了如梦幻的浮生。

从浮生的消极观念，还逐渐出现浮世的理念，晋代"竹林七贤"之一的阮籍在《大人先生传》中写道："造物同体，天地并生。逍遥浮世，古道俱成。"已泛指人世间的现象了。日本就有"浮世绘"的艺术流派。

不论是谈浮生，谈浮世，一个人总要在滚滚红尘中做悲欢离合的跋涉，于是就构成幸与不幸的人生经历。能潇洒走一回，无疑是具有一定条件而又参透世事的人了。否则，怎能标榜潇洒，以清高脱俗的姿态面对生活呢？怎能"潇洒走风尘"（李白诗）呢？

旅游就是生活

潇洒的人生是多种多样的，是多姿多彩。文人雅士耽于琴、棋、书、画与饮酒，不失其潇洒的特色。古今中外耽于旅游者，也具有潇洒的乐趣。丹麦著名的童话作家安徒生曾有名言："旅游就是生活。"香港人对旅游可说情有独钟，因为长年营营役役，要想突破生活的困扰，陶然于山水天地之间，就作潇洒的旅游。醉心于旅游的人可不是"走一回"，而是成为随世俗，求得纯净、宁静生活的癖好。这种乐山乐水的潇洒，是审美的享受，可从自然景观和人文景观中得到无穷的乐趣。试登黄山看看，它的奇石、怪松、云海、温泉四绝之景，就够拓展心胸的了；试去故宫、西安兵马俑、古代陵墓、各地名窟看看，给生活增添多少情趣啊！所以古人说"人生能著几两屐"就是劝人及时行乐，特别赞美了"人生难得是清游"！

清游，与庸俗是有区别的。懂得清游之趣，要具有文化素养。清代诗人、思想家魏源写过一篇《游山吟》的诗，就提出"人知游山乐，不知游山学"。在他看来，游山学是有这样的内容——

> 人生天地间，息息宜通天地龠。
> 特立山之介，空洞山之聪；滞蓄山之奥，流驰山之通。

泉能使山静，石能使山雄；云能使山活，树能使山葱。

谁超泉石云树外，悟入介奥通明中？

游山浅，见山肤泽；游山深，见山魂魄。

魏源之意，是提示旅游应有审美的情愫、丰富的想象力，不可浅尝即止。推广他的旅游观点，不论去什么地方，都不妨仔细领略世态风情，充实怡然之趣，这样就真是潇洒走一回了。

我很喜欢旅游。记得多年前游欧洲，到了音乐之都维也纳，不禁神驰于多瑙河和维也纳的森林，因为我曾陶醉于大作曲家施特劳斯所创作的两支风靡世界的圆舞曲：《蓝色多瑙河》和《维也纳森林进行曲》。于是在游多瑙河、维也纳森林时，就播放这两支名曲以配合实地漫游的情景，那真是令人毕生难忘的享受，也够潇洒的了！

潇洒人生境界

说到这里，想起了孔老夫子的一个故事，是《论语》中记载的。他曾询问弟子的志趣，他们的回答各有不同，有的说志在治理"千乘之国"而从政；有的说志在献身"宗庙之事"而从礼乐……只有正在鼓瑟的弟子曾点悠然拍着鼓瑟的节拍回答道："暮春者，春服既成，冠者五六人，童子六七人，浴乎沂，风乎舞雩，咏而归。"曾点说这番话是什么意思呢？他是表示所追求的是能令身心舒畅、悠然自得的潇洒人生境界。曾点的回答令孔老夫子喟然叹曰："吾与点也。"就是赞美曾点潇洒脱俗的人生观。

潇洒脱俗的人生观具有艺术人生的内涵，在现代社会生活中的人都想放纵自我，《潇洒走一回》的歌声正是追求自我的艺术人生的标志。"人生如逆旅，我亦是行人"，要"潇洒走一回"吗？就"莫放春秋佳日过"！

不散的筵席

文 / 洪烛

　　汪曾祺认为唐宋人似乎不怎么讲究大吃大喝：杜甫的《丽人行》里列叙了一些珍馐，但多系夸张想象之辞；苏东坡是个有名的馋人，但他爱吃的好像只是猪肉，他称赞"黄州好猪肉"，但还是"富者不解吃，贫者不解煮"，他爱吃猪头，也不过是煮得稀烂，最后浇一勺杏酪，烹饪的方法简单得不能再简单了，名闻天下的大诗人，在味觉上都这么容易满足，更何况平民百姓呢？

　　连有皇帝参加的御宴也并不丰盛，御宴有定制，每一盏酒都要有歌舞杂技，似乎这是主要的，吃喝在其次。可见唐宋的皇帝，远远不如后来明清的皇帝贪图口腹之欲。尤其满汉全席，使中国封建时代的宫廷菜掀起了高潮，当然，也为之画上了句号。

唐宗宋祖，根本无法想象或享受满汉全席那般的豪华与奢侈。他们宁愿唱唱歌，听听诗朗诵，看看文艺表演，以此来下酒，并不见得非要摆个百八十桌的。

唐宋人，在膳食方面还是挺节俭的。即使李白那样的，只要有酒就行，对下酒菜也不至于太挑剔。

汪曾祺遍检《东京梦华录》《都城纪胜》《西湖老人繁胜录》《梦粱录》《武林旧事》，都没有发现宋朝人吃海参、鱼翅、燕窝的记录。

他猜测：吃这种滋补性的高蛋白的海味，大概从明朝才开始。这大概和明朝人的纵欲有关系，记得鲁迅好像曾经说过。

我倒觉得，这还跟交通及沿海地区开发有关系。唐宋人奉行的主要是内陆的农牧生活方式，沿海的渔业尚未大规模发展起来，即使他们真爱吃生猛海鲜，长途贩运到首都或内地的大城市也极其不便。总不能每一趟都像给杨贵妃送荔枝那样快马加鞭吧？

因为地理等客观原因，唐宋人未能培养起对海鲜的嗜好。到了明朝可就大不一样，试想郑和七下西洋，远洋船队何其发达，给皇亲国戚捎回点稀罕的海味，还不是举手之劳！况且大明一开始建都于南京，本来就离海不远，坐江山的又是南方人，饮食风俗自然要异于唐宋。

唐宋人，虽然也算富裕，但在口福方面，确实比明清人要差一大截。总体感觉还是很"农民"。譬如《水浒传》里，把大碗喝酒大块吃肉就视为幸福了。

我曾在北京蒲黄榆汪宅向汪老讨教过这一问题。为了增强说服力，汪曾祺特意举了例子，五代顾闳中所绘《韩熙载夜宴图》：主人客人面前案上所列的食物不过八品，四个高足的浅碗，四个小碟子，有一碗是白色的圆球形的东西，有点像牙面滚了米粒的蓑衣丸子，有一碗颜色是鲜红的，很惹眼，用放大镜细看，不过是几个带蒂的柿子！其余的看不清是什么……

汪曾祺当时翻了印在一部精装书里的这幅名画，让我也拿放大镜照照，我端详半天，直恨自己的明眼无法穿透纸张与时间，参与进远处那古老的夜宴。那一高一矮的两张茶几上，搁置的大大小小的碗碟里，陈列着一些业已失传的食物。色彩依旧那么鲜艳，码放得依旧那么整齐，似乎没谁动过筷子。它们保持着刚刚端上桌时的那种滋润的状态，更像是献给苍茫岁月的供品。

这确是一次简朴而清爽的晚餐。所谓夜宴，带点夜宵的性质。陶瓷餐具里盛放的，很明显不是什么油腻的鸡鸭鱼肉，而是造型独特的面点及干鲜果类。精致的酒壶置于案头，也很像是摆设。峨冠锦袍的主人及几位宾客，醉翁之意不在酒也，既没顾得上菜，也不去斟酒，而是从不同位置转身、侧目，将视线不约而同地投向画卷的角落，那里有一位美女在坐弹琵琶。这位美女的服饰、发型、面妆，跟近代日本的艺伎极其相似。或许此即日本艺伎无限神往并刻意模仿的唐风吧。

有了一把琵琶作为道具，整幅画面，无声胜有声。我简直怀疑这乐器是从白居易的诗篇里遗传下来的。

是琵琶女的音乐，而不是画家的笔，施行了定身法，使盛情相招的主人、赴宴的宾客乃至陪侍的婢女，全部凝固在无比陶醉的那一瞬间。在千年之后，仍然保持着凝视与倾听的姿态。

也同样是音乐，而不是美酒，灌醉了画中的人物。

有幸参加这次著名的夜宴的，绝非酒色之徒，他们衣冠楚楚、气质高雅，只有这样，才会忘我地受益于艺术的感染力，才会因为一曲余音绕梁的仙乐而三月不知肉味。他们之间的关系，也绝非酒肉朋友，而是心有灵犀，心心相印，闻高山流水而知音也。

琵琶女虽置身于画面一角，但那个角落无比辉煌，比美酒还要醇厚的音乐，在她轻拢慢捻的指间诞生。分明是她，而不是韩熙载在宴请着大家（包括千百年来的无数看客）。餐桌上的食品虽简单，但依然称得上是盛宴。她才是这一席音乐盛宴的真正主人。

这是集口福、耳福、眼福于一体的盛宴。可惜我是迟到的赴宴者。留给我的，只能是间接的眼福了。但已足够丰盛了。第一次，我被中国画里的吃，深深感动了。

如果天下真有不散的筵席，这就是了！

酒香不散，灯火不散，欢迎不散，音乐不散。即使曲终，人也不散。人情也不散。

他们和她们，生命就这样停顿了，就这样延续了，就这样变得永恒了。

我想，如果这幅画里琵琶女缺席，夜宴的气氛肯定要大打折扣，所有人物的身姿、眼神、表情肯定要大打折扣，所有人物的身姿、眼神、表情都将改变。纯粹为吃喝而吃喝，似乎不属于唐宋人（尤其贵族）的风格。他们或许不讲究菜肴的品种或贵贱，但很在乎饮酒时的氛围，譬如背景音乐呀什么的。你可以说他们对饮食的态度很随意、很简朴，也可以说他们很苛刻：还另有一种形而上的追求。宁愿用一个好厨子去换一个好歌手、好舞女。

《韩熙载夜宴图》，更多的是在表现视觉、听觉上的大餐。味觉已暂时"退居二线"了。

汪曾祺读画时颇多心得："宋朝人好像实行的是分食制，《韩熙载夜宴图》上画的也是各人一份，不像后来大家合坐一桌，大盘大碗，筷子勺子一起来。这一点是颇合卫生的，因不易传染肝炎。"在这幅画里，菜肴固然是分食的，音乐却是共享的。所有人的注意力，都被角落里的那把琵琶给吸引了。他们忘掉了自我，忘掉了别人，忘掉了物质的种种形式，还忘掉了今夕何夕，而全身心地投入一场流芳百世的精神会餐。他们正是在这种忘却中得到永生。

汪曾祺还说："宋朝人饮酒和后来有些不同的，是总有些鲜果干果，如柑、梨、蔗、柿、炒栗子、新银杏，以及莴苣之类的菜蔬和玛瑙汤、泽州汤之类的糖稀。《水浒传》所谓铺下果子按酒，即指此类东西。"

《韩熙载夜宴图》里，每位食客面前所摆的四大碗四小碟，有几个就属于果盘，除了已被辨认的带蒂的柿子之外，可能还有别的干鲜果类。

不知从什么时候开始，中国人开始酷爱用大鱼大肉下酒，而不怎么青睐这些干果鲜果了，常常只作为冷盘，象征性地摆一摆，就撤走，换热菜了。现代人唯一保留下来的，好像只是花生米。至今仍喜欢用油炸或水煮的花生米下酒，似乎是唐宋人口味的遗传基因在起作用。

中国画里的吃，挺有意思的。《韩熙载夜宴图》，打开了我的兴趣之门。我四处查找，仔细阅读了《春夜宴桃李园图》《杏园雅集图》《紫光阁赐宴图》《重萃宫小宴图》《史太君两宴大观园（年画）》，还有明代仇英所绘《春夜宴图》。

甚至河南禹县出土的宋墓壁画《宴饮图》，也使我端详良久：夫妻俩隔桌而坐，男的穿着官服（估计也就一县太爷吧），女的梳着高髻，中间的餐桌上摆着一火锅及各自的酒具，大有举案齐眉相敬如宾的意思，屏风外面有几位金童玉女侍候着，正络绎不绝地端来冷盘热炒……

这幅壁画最让我感动的地方，是记载了日常生活的脉脉温情，而且是画在坟墓里的；墓的男女主人，似乎执意要把此生的炊烟袅袅，带进地狱里，为来世提供见证。这真是一对幸福的死者，即使在九泉之下，也不会感到饥饿，不会感到贫困，不会感到寂寞的。从生到死，也许只相当于一顿饭的工夫。但这顿饭在他们死后，仍然继续。凡人的生活，就是在柴米油盐中酿造诗情画意。只有唐玄宗杨贵妃那样的乱世鸳鸯，才会在被惊破的霓裳羽衣舞中苦吟《长恨歌》呢。越豪华的梦，越容易露破绽，越容易打上补丁。

古画里的吃，之所以让我慨叹不已，就在于它表现了不散的筵席。它描绘了吃又超脱了吃，甚至还超脱了生死。它把生命的一些乐趣，永久地保持在线条与色彩之中。画中人物的原型早已消失了。置身事外的画家也已消失。然而筵席不散，纸张的深处灯火通明。

中国人原本拒绝相信世上有不散的筵席，所以才希望今朝有酒今朝醉，莫使金樽空对月。然而，看看我举例的这一系列古画吧，你就会相信了。

艺术的伟大，正在于此。没有哪个厨子，能真正烹饪一桌穿越苍茫岁月而保鲜的筵席，更无法保证自己的食客在品尝之后长生不老。他应该向画家甘拜下风，画家做到这点了。画家的颜料，是最好的调料。不仅使筵席无限期地持续下去，而且使赴宴的人们栩栩如生。

在画家笔下赴宴的人，是有福的。他接受的是主人与画家现实与艺术的双重邀请。

《韩熙载夜宴图》，场景在室内，屏风、桌椅乃至两张炕床，全画来了。

还有一幅我喜爱的中国画，《春夜宴桃李园图》，则是在露天。顾名思义，是在种满桃李的果园里。整体氛围也就多了点隐逸的味道。虽然围桌而坐的四位男子依然戴着官帽，但很明显已"偷得浮生半日闲"，在浓荫下笑谈畅饮。身后还有几位侍女，沏茶斟酒，忙个不停。长条形餐桌两端，各有两杆点蜡烛、带灯罩的风灯照明，旁边的茶几上，也支起枝形的烛台，光线总的来说还可以。在这样的光线下，很适合看步步莲花的仕女，有一种朦胧的美。

碗碟里的菜肴却显得不够清晰，我费了半天劲，也辨别不出是哪些美食。好在春夜的暖风、桃李的芬芳、美人的倩影已力透纸背。说到野炊，食物本身反而成了点缀性的道具。关键是要有好天气，要有好心情，要有好朋友，这一顿饭，就足够圆满了。

不知为什么，《春夜宴桃李园图》使我联想到法国画家马奈的代表作《草地上的午餐》。都是在露天、草木之间，都是良辰美景，也都有美人构成风景里的活风景、软风景。看来不散的筵席挺多的，至少在东西方都有。

这哥儿几个真会享受人生呀，挺让人羡慕的。瞧他们在天地之间怡然自得的小样儿，你会觉得自己白活了。

可这几个古人绝对没有白活。他们活得带劲得很了。我都想上前套套近乎，挤进画面里，跟几位古代哥们，讨一杯酒喝。

他们不会不带我玩吧？

最后想补充一点：韩熙载大宴宾客，夜夜笙歌，据说是自我保护的一种伪装。显得沉醉于酒色，玩物丧志，不再有任何政治上的野心，其实是在"作秀"，表演给多疑的"领导"——南唐后主李煜派来偷窥的"特务"看的。这一层用意恐怕只有他本人知晓，座上客都被蒙在鼓里。

那个时代没有照相机或针孔摄像头，画家如实描摹下宴会的情景，回去向皇帝交差，无形中倒救了韩熙载一命。皇帝一看，放心了："这老家伙算是废了，构不成什么威胁。就由他花天酒地去吧。"

听说这个典故之后，我下意识地打了个冷战。甭看韩熙载表面上淡泊名利、闲散浪漫，其实活得并不轻松呀。《韩熙载夜宴图》在伟大的艺术幕后，还潜伏着丑恶的政治，比充满阴谋的鸿门宴强不到哪里去。只不过它促成了一幅名画的诞生：政治的惊险演化为艺术的安详。韩熙载在拿美酒、歌舞、微笑斗智斗勇呀，为了保命，挺让知情者替他捏把汗的。

　　反正他家我是不愿去的。何必搅这浑水呢。琵琶虽好，弹奏的却像是《十面埋伏》，当你了解画面背后的故事之后，酒菜、音乐，全变味了。连空气都变得紧张。

　　所以，跟《韩熙载夜宴图》相比，我更偏爱《春夜宴桃李园图》，那才是我最想去的地方，最想结交的人物，最想参与的故事。那才叫真放松。

这就是生活

文 / 星竹

徐明为买房子，从东城跑到西城，从南城跑到北城。五年的时间里，他看了无数楼房、楼盘，参加了无数房展会，辛苦得让自己感动，让别人同情。可到头来，他万万没有想到，自己买的竟是二手房。五年中他从来没有关心过二手房，从来没有想过要买二手房。二手房不在他的计划与视线里，也不在全家人的计算中，谁都没有这样想过。可到头来，他买的就是二手房。一瞬间的决定，代替了他五年的全部奔忙、全部计划、全部辛苦。五年，直到他住进了二手房，他与家人还在惊异，事情怎么会是这样，全没想到啊！

李修仁在网上、报上、电视里，在车市上，看了整整两年的日系车，全家人异口同声，就是要买日系车。结果真买的那天，只是那两天，一家人却鬼使神差地买了辆德系车。李修仁没有想到，全家人也没有想到，竟是这个结果。两年来，一家人所有的关注、所有的用心、所有的比较，全白费了。李修仁从来没有关心过德系车，结果买的却是德系车。开上德系车的那天，他自己好像还是没有搞明白。

丁家林学了一辈子的书法大字，一心一意，这辈子就想做一个书法家。为此，他几十年含辛茹苦，没早没晚，伏案而作。世上的哪一种字帖他没临过，天下有名的书法大师，李爷、王爷、赵爷、郭爷他拜了一堆，可他万没想到，写到最后，书法没写成，竟然于无意中学会了作诗，结果成了一个公认的诗人。真是出人意料。

吕达文从中学时就抱定决心要做一名摄影家，最终目的是要在省里拿一个一等奖。他深受一位同乡老辈的影响，同乡就是因为拿了个一等奖，命运被改变，从一个乡村的普通人，一步步走到了省文联，不但成了专业摄影家，还做了文联摄影协会的主席。

十二年后，吕达文终于在全省拿了摄影一等奖。摄影的技术绝对在当初的同乡之上。可惜十二年过去，社会上已经无人再把这种奖项当回事了。天下有的是一等奖、特等奖、金奖银奖。得了又怎样？不怎样！无人再为此惊讶，再为此喝彩，更无人认为这有什么了不起。所以，谁也不会再因此而飞黄腾达，没有那事了。过村过店过岗了。吕达文用了十二年的时间达到了他的目的，可他的人生却没有因此有一丝一毫的改变。十二年的光阴不算短，人生能有几个十二年？他还是普通着。没错，还是一般般着！

在林卜的内心，一直想娶一个高个子圆脸的女孩为妻。他从青春期开始，直到二十四岁，八年的时间里，他从人群中、画报上、影视作品里、大街上，关心关注的都是这一类的女孩：高个，圆脸。别的不看！绝不看！

谁想，到了结婚的时候，他竟娶了一个小个子、尖脸庞的女孩，与他八年的心思满拧。他吃惊事情怎么会是这样，自己怎么竟然否定了自己八年来的爱好。结婚的那天，他还没有琢磨透，还在呆呆地盯着这个小个子、尖脸庞的女人。女人以为他是没有看够，其实他是没有琢磨透他自己。

琢磨不透的，谁也琢磨不透。这就是生活。

人生经常就是这样的。你曾经精心计算过的、细细准备过的，认定了多年，并抱定了多年的事物，到头来往往南辕北辙，总是对不上号。并不是那么轻易地就被外在的事物或是你自己改变了、化解了。人一辈子，到处都是这种现象，结局总是始料不及，人们为之苦苦奋斗的那个将来、那个确定，到头来，总是没有想到的另一面、另一种。

这类事，常发生在我们每个人的身上。大大小小，存在于我们的一生中。每个人都无法避免。一切都被那句古语所言中："人生不确定！"

不要苦苦地计算了，不要过分地准备了，更不要去精心地安排什么了。大都是没有用处的，是真的没有用处。也许，这就是无为而为的道理。也许，这就是人类的渺小与局限性。过好每一天，照料好每一刻吧，这才是我们的真正生活！

鸟巢

文 / 肖凤

　　水泥浇筑成的塔楼和板楼，鳞次栉比，远远望去，仿佛是陡峭垂直的群山，构成了大城市的独特风景线。然而它们的造型，僵硬呆板，不像大自然的山峦，鬼斧神工，有着美妙的线条，蕴含着迷人的神韵。

　　不过，生活在北京市的平民百姓，如果能够在这灰色的或者绿色的，或者别的什么颜色的高楼里拥有一个属于自己的空间，不论是大是小，只要它是独立的，能够无拘无束地生活着，也就满足了。

　　有时走在马路上，仰首遥望居住的那座楼宇，找到第十七层那几扇属于自己和亲人的窗户，就觉得那个叫作"家"的地方，其实更像一个"鸟巢"。因为它方方正正，像一个匣子，虽然它被夹在第十六层与第十八层之间，却总觉得它好像是被高高地吊在半空中，上不着天，下不着地。作为人类的家园，它似乎是太高了一点儿。

因此常常羡慕鸟儿，它们能够自由自在地飞翔，如果它们把巢筑在第十七层上面，也能舒展开自己的双翼，款款地飞回去。而且还能站在自己的巢里，优哉游哉地鸟瞰人群。可是我没有翅膀。我要回到自己的"鸟巢"，必须借助楼里的电梯。而电梯又受制于电的有无，或有没有故障（它常有故障），以及开电梯的小姐是否坐在岗位上。不像鸟儿那般自由，一切由它自己做主，想出门就出门，想归巢就归巢。

坐在窗前的写字台前伏案工作，会忽然听见"咕，咕，咕"的悦耳声音，抬头一望，原来是两只白色的鸽子站在窗外的窗沿上，正在亲昵地对话。我不愿惊扰它们，便静静地坐在那里，欣赏它们的漂亮形体与温柔姿态。待它们亲热地谈得够了，就会转过小巧的头颅，用它们那双明亮的小眼睛，与我对视。每逢这时，我就很想告诉它们，我是多么喜欢鸽子，毕加索笔下的那只名鸽，其实远不如真实的鸽子美丽。我还会产生错觉，不知是这对鸽子还是自己正住在"鸟巢"里，也不知我与它们是否同类。它们的小脑袋里想些什么，我一无所知，反正等到它们流连得够了，就展翅飞翔，飞回到属于它们自己的巢里，那个鸟巢比我的"鸟巢"平方米略少，不过也是悬在半空，悬在对面那座塔楼的一家住户的阳台上。

除了鸽子之外，也有麻雀造访我的窗台。或者一只，或者两只，或者更多。它们叽叽喳喳，跳跳蹦蹦，全然不顾有人正从窗户的另一面望着它们，很像一群喜爱游玩的活泼孩子。它们的家不知筑在何处，好像比鸽子的家距离远些。

这些"客人"光顾我的"鸟巢"，让第十七层的高空有了魅力。有时站在窗前向外望去，常常看见鸟儿们在窗外飞翔，这种景象使自己几乎忘记了是被围困在水泥筑成的方格子里。

可是，只要俯首下望，大城市的单调景色就会一目了然——马路很像一条灰色的带子，形形色色的汽车和无轨电车像大大小小的甲壳虫，慢慢地向前蠕动，很久才能走到视线之外。近处是深灰色的屋顶，远处是层层叠叠的楼群。

绿色的树木像珍宝，令人爱不释"目"，使人更加向往大自然。很想变成一只鸟，从这座"鸟巢"中飞出去，飞到森林中去，飞到大海边去，飞到崇山峻岭中去，飞到一切有花有草有树有水唯独没有水泥和汽车尾气的地方去。去享受一下没有污染的清新空气，去享受一下没有噪声的宁静氛围，去享受一下没有撒过漂白粉的清澈溪水。去寻找一个没有是非，没有烦扰，没有摩擦，没有争权夺利，没有钩心斗角，没有尔虞我诈的干净去处。

请客

文 / 王了一

中国人是喜欢请客的一个民族。从抢付车费、抢会钞，以至于大宴客，没有一件事不足以表明中国是一个礼让之邦。我的钱就是你的钱，你的钱也就是我的钱，大家不分彼此；你可以吃我的，用我的，因为咱们是一家人。这种情形，西洋人觉得奇怪。恕我浅陋，我没有见过西洋人抢付过车费，或抢会过钞。我们在欧洲做学生的时代，因为穷，大家也主张"西化"，饭馆里吃饭，各自付各自的钱，相约不抢着会钞。西洋人宴客是有的，但是极不轻易有一次，最普通的只是来一个茶会，并不像中国人这样常常请朋友吃饭。这些事情，都显得中国人比西洋人更慷慨更会应酬。

其实，中国人这种应酬是利用人们喜欢占便宜的心理。不花钱可以白坐车、白吃饭、白看戏，等等，受惠的人应该是高兴的。一高兴，再高兴，三高兴，高兴的次数越多，被请的人对于请客的人就越有好印象。如果被请的人比我的地位高，他可以"有求必应"，助我升官发财；如果被请的人比我的地位低，他也可以到处吹嘘，逢人说项，增加我的声誉，间接地于我有益。

中国人向来主张"受人钱财，与人消灾"，不花钱而可以白坐车、白吃饭、白看戏，也就等于受人钱财，若不与人消灾，就该为人造福。由此看来，请客乃是一种"小往大来"的政策，请客的钱不是白花的。知道了这一个道理，我们就明白为什么对于亲弟兄计较锱铢，甚至对于结发夫妻不肯"共产"的人，为请客而挥霍千金，毫无吝色；又明白为什么家无儋石，对泣牛衣的人偏有请客的闲钱。原来大多数人的请客不是目的，而是手段；不是慷慨，而是权谋！

青蚨在荷包里飞出去是令人心痛的，而"小往大来"的远景却是诱惑人的，在这极端矛盾的心情之下，可就苦了那些一毛不拔的悭吝者。当在抢付车费、抢会钞，或抢买戏票的时候，为了面子关系，不好意思不"抢"；为了荷包关系，却又不敢坚持要"抢"，结果是得收手时且收手，面子顾全了，荷包仍旧不空。最糟糕的是遇着了同道的人，你一抢他就放松，结果虽是"求仁得仁"，却变了哑子吃黄连，心里有说不出的苦。不过，悭吝的人也未尝不请客；有时候，他们请客的次数要比普通人更多，因为吝者必贪，贪者毕竟抵不住那"小往大来"的远景的诱惑。于是他们想拿最低的代价去博取最大的利益：每次请客吃饭，东西拣最便宜的吃，分量越少越好，最好是使客人容易饱，容易腻，而主人又所费不多。甚至连请几天，昨晚剩的菜今天还可以吃，虽然让客人吃别人的余唾颇为不恭，然而请客毕竟是请客，余唾吃了之后，仍旧不怕他不说一声"谢谢"。这是手段之中有手段，权谋之外有权谋！

话又说回来了，请客真的是一种好风气吗？真的能联络感情吗？我曾经亲耳听见抢会了钞的人背面骂那让步不坚持要抢的人，说他小气，说他卑鄙。我又曾经亲耳听见吃了人家的酒饭的人一出大门就批评主人：五溜鱼只有半边，清炖鸡只有半只，烟臭如菇，酒淡如水，厨子烹调无术，主人招待不周！可见中国既有了抢付钱的习俗，不抢付钱竟像是私德有亏，友谊有损；又有了滥请客的风尚，不请客的固然被认为不善交际，请客如果请得不痛快，那钱也只等于白花。勿谓郇厨既扰，即尽衔恩；须防金碗虽倾，终难饱德。老饕未餍，微禄半销！"小往大来"的请客哲学真是害人不浅！

被请的人有时候也很苦：明知受人钱财就得与人消灾，但是又没有拒绝的勇气，于是计划"还席"或"回客"。受了人家的好处，再奉还若干好处给人家，这样就算两相抵消，不再负报答的责任。其实这样设想是自寻烦恼。最干脆的办法是既不请人，也不怕被人请。如果有人抢着代我付车费或会钞，我就一声不响地，让我的青蚨"回龙"。如果有人请我吃大菜我就两肩承一口，去吃了就走，不耐烦道一声谢，更不理会什么是一饭之恩。假使人人如此，中国可以归真返璞，社会上可以少了许多虚伪的行为，而政府也不再需要提倡俭约和禁止宴会了。

生死之夕

文/马力

　　我不满十五岁，就当了一个兴凯湖的渔民。到那里的第二年，差点儿送了命。这件事、这个相关的人，对于我的生活态度是有过影响的。余下的日子，都成了"白饶"的。我对世间的一切好像都不那么在乎了，甚至有一些随便，根子大概在这里。

　　一开春，满湖的冰化了，我们就迁往渔点。渔点全在湖边的沙冈上，离得都不近，能隔出去十八里地。渔点都有好听的名字，新开流、白鱼滩、鲤鱼冈、龙王庙，不知道是一个什么人起的。

　　我到了白鱼滩。

　　打鱼还算一桩很自在的差事。一群半大的孩子，离开父母，从北京、上海来到湖边，干活儿、吃饭、睡觉，没有人管，觉得很悠闲。不出仨月，都变野了，和本地人混在一起，看不出是从城里来的。

本地人里有个叫"花子"的，比我要大两三岁，也分在这个渔点。花子闷头少语，一打听，原来他有"问题"，不知道在墙上瞎划拉了什么，被认定是反革命标语。这还了得！花子成了坏分子。为了早点摘掉黑帽子，他出工非常卖力，身子又壮实，一般活儿累不垮他。可是因为写过"反标"，再玩儿命，好像也不招人疼。

花子很少笑过。

白鱼滩的门外就是水，近晚的风景很美。清旷的湖面浮起一层湿湿的水汽，像一片薄薄的雾，浸着红晖散射的落日。沙冈上是树，一片茂绿，满岸飘着花草的香气。霞光从树林间照过去，映在粼粼的湖水上，绿的浮萍、白的菱角花和翠云般的芦苇，好像绣上去似的。远方飘烟处，衬着一道隐隐的山影。

有一个黄昏，歇了工，吃饱了，就站在屋前看湖景。屋子挨着一条不宽的沙土路，这么晚了，没有什么车，也不见人影。真静呀！过了一会儿，前边的树影里闪出一匹马，骑马的是一个当兵的，像是赶远路。马走得不轻快，累了，该歇歇乏了。到近旁，小战士从马背跳下来，一松缰绳。林子里全是草，又高又绿，那匹马的长颈一低，吃起来。小战士也饿了，听说屋里还剩下半盆鱼，忙把身上的冲锋枪一摘，拔下梭子，随手一递，就进了屋。

接枪的是花子。

我们围上去，看这枪。花子不撒手，眼睛发亮，好像从没这么神气过。他咧开嘴，我头一次见他笑。花子把枪平端起来，身子朝前倾着，冲我的脸瞄准，枪口离我也就一尺！

那个瞬间，我忽然把头一偏，闪到他的身侧。没等站稳，花子的二拇指一动，枪响了！子弹是擦着我的耳朵飞过去的。我如遭雷殛，浑身的骨头在抖。

花子吓傻了，手一软，枪摔在地上，颤声说："怎么还……还有子弹？"

都以为枪膛里是空的。

小战士蹿出屋，慌乱地拾起枪，拉开栓，脸色煞白——梭子虽然卸了，枪膛里还顶着一颗子儿呢！

我缓过神儿来，刚才被枪声一震，有点耳鸣，可还是跑到路南的树林里，找到一棵柞树，细瞅，子弹打秃了一块树皮。

人有很多一闪念，稍纵即逝，这个关口却留住了我的性命。要不，我早就死在湖边了，也会和许多人一样，埋在乱岗上的丛林里，坟头的野草也该荒成一片了。到现在，一想，心还会缩紧。

事后，对这样一个险些打死我的人，我没有记仇。在现实的怪状面前，渔点还承续着一点朴厚的风气。其时，外面又在搞运动。上边正愁抓不着典型，听说了这件事，结果，花子赶上坎儿了。来了几个人，把他带走，塞进一间破屋子。花子蹲上了小号。

往后，我就很少看见他，不知又给弄到什么地方去了。

过了很多年，我要调回北京。临走，不少人赶来相送。在车后荡起的烟尘里，我忽然发现远处的树下站着一个人，面影一闪，是花子！我想喊，来不及了。

他从我的生活中消失了。

前些年秋天，我又回兴凯湖。昏暮中过白鱼滩，没有人，也没有房子，到处都是草和树，已经不大像一个渔点了。晚风吹得还是那么潮润、清凉，像从前一样。飞白的芦穗、闪绿的湖水，四野一片安静。我不是一个浪漫的人，到了这个时候，思绪也飘远了。一群活泼的影子在湖岸的绿色里浮上来，跳着、嚷着，脸上漾着笑纹，也闪着泪光。年轻时的我们呀！一声子弹的尖啸划过去，震碎了这个梦。花子，花子，我默声叫着，心里却画不出他的样子。灵魂上的旧影，到了该淡去的时候。也许，这是我最后想他了。

河边洗衣服的时光

文 / 李娟

　　河边林子里活着的小东西实在很多的，可是要刻意去留心它们，又一个也找不到了。

　　还有那么多的，各种各样的美丽植物，能开出令人惊异的小花——那些小花的花瓣的独特形状和细致的纹案，只有小孩子们的心才能想象得出来，只有他们的小手才画得出。花长成这样，一定是有着它自己长时间的、繁复的，而且还是经历了很多曲折的某种想法吧？

　　再仔细地看，会发现这些小花们和周围的大环境虽然一眼看过去很协调的样子，其实朵朵都在强调着不同的东西，似乎都有自己的想法，但是由于它们又有着太天真的幻想，而太过微弱；而又因为太固执了，而太过扎眼。它们更像是一串串带着明显的情绪色彩的叹号、问号和省略号，标在浑然圆满的自然界的暗处……

这些花呀，它们有着各自不同的花瓣，它们的雄蕊和雌蕊以形状和色彩微妙地区分开来，凑得很近很近地去看一朵花，会发现它的大部分都是由透明的质地构成的……粉红色的透明、淡青的透明、浅黄的透明……那些不透明的地方，则在轻微地、提醒似的，闪着光芒。这光芒映照在那些透明的地方，相互间又折射出另外一些带有影像的光芒……

更奇妙的是花还有香气，就算是没有香气的花，也会散发清郁的、深深浅浅的绿色的气息：浅绿色的令人身心轻盈，深绿色的令人想要入睡……问题是花为什么会有香气呢？花能散发香气，多么像一个人能够自信地说出爱情呀！我真羡慕花儿……但我对这些花儿们的理解也只是我在以自己的想法胡乱进行的各种揣测而已。花的世界向我透露的所有东西就只有它或明显或深藏的美丽。

还有那些没什么花开的植物们，深藏自己美丽的名字，却以平凡的模样在大地上生长。其实它们中的哪一种都是不平凡的。它们能向四周抽出枝条，我却不能；它们能结出种子，我却不能；它们的根深入大地，它们的叶子是绿色的，还有各种无可挑剔的轮廓，它们不停地向上生长……

石头们则和我一般冥顽。虽然它们有很多美丽的花纹和看似有意的图案，可它是冰冷的，坚硬的，并且一成不变。哪怕变也只是变成小石头，然后又变成小沙粒。最后消失。所有这一切似乎只因为它没有想法，它只是躺在水中或深埋地底，它在浩大的命运中什么都不惊讶，什么都接受。

在河边，说是没人来，偶尔也会碰上那么一个。我不知道他是谁，我当然不知道他是谁。但是他在对岸冲我大声地说着什么，我站起身认真地听，我又撩起裙子，踩进水里想过河。但他很快说完转身就走了，我怔怔地站在河中央，不知道自己刚刚错过了什么。

还有的人在对岸饮马，再骑着马过来。上了岸走进树林子里，一会儿就消失了。我想循着湿湿的蹄印子进去看一看，但是想到这是一条能令人通往消失的路，便忍不住害怕。再回头看看这条河，觉得这河也正是在流向一个使之消失的地方。

而我是一个最大的消失处，整个世界在我这里消失，无论我看见了什么，它们都永远不复出现了。也就是说，我再也说不出来了，我能说出来的，绝不是我所知道的那个。我说给别人听，他从我这里理解到的是另外的东西，是他加以自己的想法的东西。于是，我说出的每一句话，都封住了我想说出的本意。

就这样，在河边洗衣服的时光里，身体自由了，想法也就自由了。自由一旦漫开，就无边无际，收不回来了。常常是想到最后，已经分不清快乐和悲伤。只是自由。我想，总有一天我会死去的，到了那时，我会在瞬间失去我的一切。只但愿到了那时，一切在瞬间瓦解、烟消云散后，剩下的便全是这种自由了……到了那时呀，我凭借这种自由，进入的，是不是仍是这种河边的时光里呢？

　　总之，到河边洗衣服的话，想怎么玩就怎么玩，爱怎么想就怎么想。至于洗衣服就是次要的事了，爱洗不洗，往水里一扔，压块石头不让水冲走。等玩够了回来，从水里一捞，它自己就干净了嘛。

怎样走过这个寒冷的冬天

文 / 王冰

今年的冬天还是如往常一样来了。

冬天是无情的，不管你是绅士还是乞丐，它都会在一定的时候冲着你过来。你这一辈子也必须经历接连不断的冬天，在它要到来的时候，不论你怎么躲也躲不开，因此人们只能在过冬的方式上寻找着各种各样的办法。而我也必须在这样的日子里一点一点地熬下去，慢慢地度过这个寒冷的冬天，迎接春天的到来。

其实这个冬天是不冷的，但我还是裹起齐腰的大棉裤，穿上大棉袄，关闭好门窗，静悄悄地蹲坐在火炉旁，等着屋外的冬天一天天地离去，但它却似乎走得格外缓慢。它的身体是那么巨大，那么沉重，以致把一年中最隆重的节日也压在了这个季节的尽头。

别人又是怎么度过这个寒冷的冬天的呢？

那些站在野地里的树是怎么度过的呢？

那窝刚刚生了崽的田鼠是怎么度过的呢？

那在风中晃动的一切又是怎么度过的呢？

我坐在屋里胡乱推断着，他们是不是也像我一样，有点经不住这个冬天的寒冷？他们是不是也如我一样关闭门窗，泥好透气的土墙，之后便整天坐在火炉边，让渐渐蔓延开来的温热气息暖热自己和自己将要经历的冬天呢？他们那里，是不是也像我这里一样，屋里的任何信息都传不出去？有的话，也还有一个大院子在外面兜着，加上那些将要顶天的树，把这个院子的一切都给遮得严严实实了。因此就像别人并不知道我是怎样度过这个冬天的一样，我也不能知道别人真正的过冬方式。

在这个季节，村里的街上都空着，每个房子里却都满着。大多数人在这些寒冷的日子里，一直躲在自己早就造好的房子里，只有一些孩子背着父母偷着跑到冰面上滑冰，或者找一个阴冷的地方堆雪人。他们还小，还远远未到能知道冬天是一个寒冷季节的年龄，他们四处奔跑着，待到把整个冬天弄到自己的头顶上，并把它蒸得热气腾腾后，这些孩子便甩开大袖子很潇洒地擦拭掉那已经流过嘴唇的鼻涕。寒冷对他们来说就像一个夏天的西瓜，可以任由他们切割吞咽。其实冬天的寒冷对谁都是一样的，它并不只是大人们的，它离这些孩子并不远，最多也就十几年的时间，当有一天他们觉察到了冬天的寒冷，便会在那个冬天长大了，但他们现在还不知道。

那些孩子在外面没玩多久，就会被大人们拖回暖暖的屋子。本来加在他们身上的寒冷，暂时由他们的父母承受了。也许他们中的一个，当他在热火朝天地玩耍时，他的父亲正在村外一块快要冻僵的地里努力地干活，他们身上也有汗水，却与孩子身上的不同。再或者当他们在烧得火热的暖炕上啃着冒着热气的地瓜时，他的母亲正在院子里收拾一些农具，那是在明年开春时用得着的，是必须在这个冬天就准备好的。寒冷的时候存有一种渺茫而惆怅的希望，是一件极好的事情，它可以温暖整个冬天。

在冬天，我们总是很少发现云的到来，即使来的话，也是一种悄无声息的冷云，于是我总是在要出门的时候被一种冷气逼回去。十一月份的夜晚已经很凉了，虽然还远未到生地炉的时候，但早晨的霜已打枯了各种各样的草叶。我晚上喝了点酒，又抽了一阵烟，看看天色不早了，便囫囵着躺下了，过了些时候，街上远远地传来几声狗叫。在这个寒冷的冬天里，它们怎么样了呢？

动物们其实过得都很惨，每到这时候，总会有一些动物过不了冬。比如在秋天用尽了力气的牛会被圈到一间黑屋子里，被手提牛耳尖刀的人放倒。据说牛在倒下时眼睛里会流出豆大的泪，所以人不像对待猪一样任意宰杀它们。但由于种种原因，还是要把一些老了的不中用的牛杀了，所以在放倒那些牛之前，人们总会用一块从集上买来的崭新的布蒙住它们的眼睛，以减少牛的痛苦，毕竟它给人拉了一辈子犁了。

杀完牛以后，那布便被人及时地做成口罩或眼罩，在整个冬天被某个人罩在了头上，人们总会在做完一件什么隐秘的事情之后，紧紧地罩住自己的嘴或者眼睛，这也是村里每一个人都知道的秘密。

在每年的这时候，我的羊也会急剧减少。这是它们一年中最膘肥的时候。即使我在放羊时尽量避开村里的人，也还是逃不过他们的眼睛，我的羊一天一个地少，这使我很是伤心。在这个村子里，唯一真正把我当成人的就是这些动物了，它们在我面前是唯一驯服的东西。放羊的时候，我会给它们挠痒痒，用一把刷子给它们刷身上的毛。

我已说不清心里是一种什么滋味了，就像一股暗流要将我摇摆吞噬，我知道我不能掌握自己的命运，但我连一个动物的命运也掌握不了，这种苦楚不是谁都能了解得到的。

我记得在年终，每家每户都会到饲养处分到一块肉，然后乐滋滋地回去炖着吃。当然我也会分到一份别人挑剩下的肉，但我一回去，我就会把它们给埋了，并且就近抓一两把枯草放到那。彼时，我从山坡上望下去，往往能分明地看到许多人家已经在院子里点上了火，把肉放在刷得干干净净的砂锅里炖上了。火"毕毕剥剥"的响声很大，我站在山上也能听得见。那些腾起的热气仿佛就要把整个凤凰庄淹没了，人们似乎也要被那丝丝热气摇晃得醉了。我很无奈，我只能赶紧退到自己的石屋里，我宁愿一道道高高低低的田垄隔开我的视线，让我不再听到看到村里发生了什么。只有这样，四周的动静才不会对我有任何打扰。

在之后的一整个同样的冬天，人们将继续上一年延续下来的工作——种地、修渠、造林、垒梯田。我也会在一个平常的早晨照例起床，推门一看，我的天！雪已经堵住了屋门，我只能拿起笤帚，认认真真地扫出一条路来，以便自己能够方便地生活。但我还没有扫到院子门口，后面的路就又被一层厚厚的雪紧紧盖住了。

丰富的安静

人生最好的境界是丰富的安静。

安静，是因为摆脱了外界虚名浮利的诱惑。

丰富，是因为拥有了内在精神世界的宝藏。

养花

文 / 老舍

　　我爱花，所以也爱养花。我可还没成为养花专家，因为没有工夫去作研究与试验。我只把养花当作生活中的一种乐趣，花开得大小好坏都不计较，只要开花，我就高兴。在我的小院中，到夏天，满是花草，小猫儿们只好上房去玩耍，地上没有它们的运动场。

　　花虽多，但无奇花异草。珍贵的花草不易养活，看着一棵好花生病欲死是件难过的事。我不愿时时落泪。北京的气候，对于养花来说，不算很好。冬天冷，春天多风，夏天不是干旱就是大雨倾盆；秋天最好，可是忽然会闹霜冻。在这种气候里，想把南方的好花养活，我还没有那么大的本事。因此，我只养些好种易活、自己会奋斗的花草。

不过，尽管花草自己会奋斗，我若置之不理，任其自生自灭，它们多数还是会死了的。我得天天照管它们，像好朋友似的关切它们。一来二去，我摸着一些门道：有的喜阴，就别放在太阳地里；有的喜干，就别多浇水。这是个乐趣，摸住门道，花草养活了，而且三年五载老活着、开花，多么有意思呀！不是乱吹，这就是知识呀！多得些知识，一定不是坏事。

我不是有腿病吗，不但不利于行，也不利于久坐。我不知道花草们受我的照顾，感谢我不感谢，我可得感谢它们。在我工作的时候，我总是写了几十个字，就到院中去看看，浇浇这棵，搬搬那盆，然后回到屋中再写一点，然后再出去，如此循环，把脑力劳动与体力劳动结合到一起，有益身心，胜于吃药。要是赶上狂风暴雨或天气突变哪，就得全家动员，抢救花草，十分紧张。几百盆花，都要很快地抢到屋里去，使人腰酸腿疼，热汗直流。第二天，天气好转，又得把花儿都搬出去，就又一次腰酸腿疼，热汗直流。可是，这多么有意思呀！不劳动，连棵花儿也养不活，这难道不是真理么？

送牛奶的同志，进门就夸"好香"！这使我们全家都感到骄傲。赶到昙花开放的时候，约几位朋友来看看，更有秉烛夜游的神气——昙花总在夜里放蕊。花儿分根了，一棵分为数棵，就赠给朋友们一些；看着友人拿走自己的劳动果实，心里自然特别喜欢。

当然，也有伤心的时候，今年夏天就有这么一回。三百株菊秧还在地上（没到移入盆中的时候），下了暴雨。邻家的墙倒了下来，菊秧被砸死者三十多种，一百多棵！全家都几天没有笑容！

有喜有忧，有笑有泪，有花有实，有香有色，既须劳动，又长见识，这就是养花的乐趣。

丰富的安静

文 / 周国平

我发现，世界越来越喧闹，而我的日子越来越安静了。我喜欢过安静的日子。

当然，安静不是静止，不是封闭，如井中的死水。曾经有一个时代，广大的世界对我们只是一个无法证实的传说，我们每一个人都被锁定在一个狭小的角落里，如同螺丝钉被拧在一个不变的位置上。那时候，我刚离开学校，被分配到一个边远山区，生活平静而又单调。日子仿佛停止了，不像是一条河，更像是一口井。

后来，时代突然改变，人们的日子如同解冻的江河，又在阳光下的大地上纵横交错了。我也像是一条积压了太多能量的河，生命的浪潮在我的河床里奔腾起伏，把我的成年岁月变成了一道动荡不宁的急流。

而现在，我又归于平静了。不过，这是跌宕之后的平静。在经历了许多冲撞和曲折之后，我的生命之河仿佛终于来到一处开阔的谷地，汇蓄成了一片浩渺的湖泊。我曾经流连于阿尔卑斯山麓的湖畔，看雪山、白云和森林的倒影伸展在蔚蓝的神秘之中。我知道，湖中的水仍在流转，是湖的深邃才使得湖面寂静如镜。

我的日子真是很安静。每天，我在家里读书和写作，外面各种热闹的圈子和聚会都和我无关。我和妻子、女儿一起品尝着普通的人间亲情，外面各种寻欢作乐的场所和玩意也都和我无关。我对这样过日子很满意，因为我的心境也是安静的。

也许，每一个人在生命中的某个阶段是需要某种热闹的。那时候，饱胀的生命力需要向外奔突，去为自己寻找一条河道，确定一个流向。但是，一个人不能永远停留在这个阶段。托尔斯泰如此自述："随着年岁增长，我的生命越来越精神化了。"人们或许会把这解释为衰老的征兆，但是，我清楚地知道，即使在老年时，托尔斯泰也比所有的同龄人，甚至比许多年轻人更充满生命力。毋宁说，唯有强大的生命才能逐步朝精神化的方向发展。

现在我觉得，人生最好的境界是丰富的安静。安静，是因为摆脱了外界虚名浮利的诱惑。丰富，是因为拥有了内在精神世界的宝藏。泰戈尔曾说：外在世界的运动无穷无尽，证明了其中没有我们可以达到的目标，目标只能在别处，即在精神的内在世界里。"在那里，我们最为深切地渴望的，乃是在成就之上的安宁。在那里，我们遇见我们的上帝。"他接着说明，"上帝就是灵魂里永远在休息的情爱。"他所说的"情爱"应是广义的，指创造的成就、精神的富有、博大的爱心，而这一切都超越于俗世的争斗，处在永久和平之中。这种境界，正是丰富的安静之极致。

我并不完全排斥热闹，热闹也可以是有内容的。但是，热闹总归是外部活动的特征，而任何外部活动倘若没有一种精神追求为其动力，没有一种精神价值为其目标，那么，不管表面上多么轰轰烈烈、有声有色，本质上必定是贫乏和空虚的。我对一切太喧嚣的事业和一切太张扬的感情都心存怀疑，它们总是使我想起莎士比亚对生命的嘲讽："充满了声音和狂热，里面空无一物。"

灯笼

文/吴伯箫

　　虽不像扑灯蛾，爱光明而至焚身，小孩子喜欢火，喜欢亮光，却仿佛是天性。放在暗屋子里就哭的宝儿，点亮了灯哭声就止住了。岁梢寒夜，玩火玩灯，除夕燃滴滴金、放焰火，是孩子群里少有例外的事。尽管大人们怕火火烛烛的危险，要说"玩火黑夜溺炕"那种几近恐吓的话，但偷偷还要在神龛里点起烛来。

　　连活活的太阳算着，一切亮光之中，我爱皎洁的月华、如沸的繁星，同一支夜晚来挑着照路的灯笼。提起灯笼，就会想起三家村的犬吠，村中老斗呵狗的声音；就会想起庞大的晃荡着的影子，夜行人咕咕噜噜的私语；想起祖父雪白的胡须，同洪亮大方的谈吐；坡野里想起一跳又一跳的鬼火，村边社戏台下想起闹嚷嚷的观众、花生篮、冰糖葫芦；台上的小丑花脸、跪堂谱、"司马懿探山"。真的，灯笼的缘结得太多了，记忆的网里挤着的就都是。

记得，做着公正乡绅的祖父，晚年来每每被邀去五里遥的城里说事，一去一整天。回家总是很晚的。凑巧若是没有月亮的夜，长工李五和我便须应差去接。伴着我们的除了李老五的叙家常，便是一把腰刀一具灯笼。那时自己对人情世故还不懂，好听点说，心还像素丝样纯洁；什么争讼吃官司，是不在自己意识领域的。祖父好，在路上轻易不提斡旋着的情事，倒是一路数着牵牛织女星谈些进京赶考的掌故：雪夜驰马，荒郊店宿，每每令人忘路之远近。村犬遥遥向灯笼吠了，认得了是主人，近前来却又大摇其尾巴。到家常是二更时分。不是夜饭吃完，灯笼还在院子里亮么？那种熙熙然庭院的静穆，是一辈子思慕着的。

"路上黑，打了灯笼去吧。"

自从远离乡井为了生活在外面孤单地挣扎之后，像这样慈母口中吩咐的话也很久听不到了。每每想起小时候在村里上灯学，要挑了灯笼走去挑了灯笼走回的事，便深深感到怅惘。母亲给留着的消夜食品便都是在亲手接过了灯笼去后递给自己的。为自己特别预备的那支小的纱灯，样子也还清清楚楚记在心里。虽然人已经是站在青春尾梢上的人，母亲的头发也全白了。

乡俗还愿，唱戏，挂神袍而外，常在村头高挑一挂红灯。仿佛灯柱上还照例有些松柏枝叶作点缀。挂红灯，自然同盛伏舍茶、腊八施粥一样，有着行好的意思；松柏枝叶的点缀，用意却不甚了然。真是，若有孤行客，黑夜摸路，正自四面虚惊的时候，忽然发现星天下红灯高照，总会以去村不远而默默高兴起来的吧。

唐明皇在东宫结绘彩为高五十尺的灯楼，遍悬珠玉金银而风至锵然的那种盛事太古远了，恨无缘观赏；金吾不禁的那元宵节张灯结彩却曾于太平丰年在几处山城小县里凑过热闹：跟了一条龙灯在人海里跑半夜，不觉疲乏是什么，还要去看庆丰酒店的跑马灯，猜源亨油坊出的灯谜。家来睡，不是还将一挂小灯悬在床头么？梦都随了蜡火开花。

想起来，族姊远嫁，大送大迎，曾听过彻夜的鼓吹，看满街的灯火；轿前轿后虽不像《宋史·仪衔志》载，准有打灯笼子亲事官八十人，但辉煌景象已够华贵了。那时姊家仿佛还是什么京官，于今是破落户了。进士第的官衔灯该还有吧，垂珠联珑的朱门却早已褪色了。

用朱红在纱灯上描宋体字，从前很引起过自己的喜悦；现在想，当时该并不是传统思想，或羡慕什么富贵荣华，而是根本就爱那种玩意，如同黑漆大门上过年贴丹红春联一样。自然，若是纱红上的字是"尚书府"或"某某县正堂"之类，懂得了意思，也会觉得不凡的；但普普通通一家纯德堂的家用灯笼，可也未始勾不起爱好来。

宫灯，还没见过，总该有翠羽流苏的装饰吧。假定是暖迟迟的春宵，西宫南内有人在趁了灯光调绿嘴鹦鹉，也有人在秋千索下缓步寻一脉幽悄，意味应是深长的。虽然，"……好一似扬子江，驾小舟，风狂浪大，浪大风狂"的汉献帝也许有灯笼做伴，但那时人的处境可悯，蜡泪就怕数不着长了。

最壮是塞外点兵，吹角连营，夜深星阑时候，将军在挑灯看剑，那灯笼上你不希望写的几个斗方大字是霍嫖姚，是汉将李广，是唐朝裴公么？雪夜入蔡，同胡人不敢南下牧马的故事是同日月一样亮起了人的耳目的。你听，正萧萧班马鸣也，我愿就是那灯笼下的马前卒。

唉，壮，于今灯笼又不够了。应该数火把，数探海灯，数燎原的一把烈火！

炉火

文 / 臧克家

　　金风换成了北风，秋去冬来了。冬天刚刚冒了个头，落了一场初雪，我满庭斗艳争娇的芳菲，顿然失色，鲜红的老来娇，还有各色的傲霜菊花，一夜全白了头。两棵丁香，叶子簌簌辞柯了，像一声声年华消失的感叹。

　　每到这个季节，十一月上旬，我生上了炉火，一直到明年四月初，将近半年的时光，我进入静多动少的生活。每到安炉子和撤火的时候，我的心里总有些感触，季候的变迁，情绪的转换，打下了很鲜明、很深刻的印记。

　　我的小四合院，每到冬季，至少要安六个炉子，日夜为它奔忙。我的家人总是念咕说：安上暖气多省事呵，又干净。我也总是用我的一套理由做挡箭牌：安暖气花费太大呀，开地道安管子多麻烦啊，几吨煤将放在何处？还得有人夜里起来烧锅炉……我每年这样搪塞，一直搪塞了二十一年。其实，别的是假的，我中心的一条是：我爱炉火！

我住北房，三明两暗。左右两间有两个炉子，而当中的会客室，却冷冷清清，娇花多盆，加上两套沙发，余地供回旋的就甚少了。客人来了，大衣也不脱，衣架子成了空摆设。到我家做客的朋友们，都说我屋子里的温度太低了。会客室里确是有点清冷，而我的写作间兼寝室却暖和和的。炉子，成为我亲密的朋友，几十年来，它的脾气我是摸透了。它，有时暴烈，有时温柔，它伴我寂寞，给我慰安和喜悦。窗外，北风呼号，雪花乱飘，这时，炉火正红，壶水正沸，恰巧一位风雪故人来，一进门，打打身上的雪花，进入了我的内室，沏上一杯龙井，泡沫喷香，相对倾谈，海阔天空。水壶咝咝作响，也好似参加了我们的叙谈，人间赏心乐事，有胜过如此的吗？

每晚，我必卧在床上，对着孤灯，夜读至十时，或更迟些。炉火伴我，它以它的体温温暖我，读到会心之处，忽然炉子里砰砰爆了几声，像是为我欢呼。有时失眠了，辗转不能安枕，瞥看炉子里的红光一点，像只炯炯的明眸，我心安了，悠悠然，入了朦胧的境界。

暖气，当然温暖，也干净，但是呵，它不能给我以光，它缺少性格与一种活力。我要光。我要性格。我要活力。

我想到七八岁上私塾的时候，冬天，带上个锎"火箱"，里边放上几块烧得通红的条炭，用灰把它半掩住，"火箱"盖上全是蜂窝似的小孔，手摸上暖乎乎的，微微的火光从小孔里透露出来，给人以光辉，它不仅使人触感上感到温暖，而且透过视觉在心灵上感受到一种启示与希望的闪光。

有这种生活经验的人，会饶有情味地回忆到隆冬深夜，置身在旷山大野中，几个同伴围在篝火旁边取暖的动人情景。火，以它的巨大热力使人通体舒畅，它的火柱冲天而起，在黑暗中给人以一种巨大的鼓舞力量与向前冲击的勇气。在它的猛烈的燃烧中，进出噼噼啪啪的爆炸，不像一声声鼓点吗？

炉火当然不是铜"火箱"，也不是篝火，可是它们也有相同的性格：它们发热，它们发光，它们也能发出震撼心灵的声响。几十年来我独持异议不安暖气，始终留恋着炉火，原因就在此。

搬家

文 / 萧红

搬家！什么叫搬家？移了一个窠就是罢！

一辆马车，载了两个人，一个条箱，行李也在条箱里。车行在街口了，街车，行人道上的行人，店铺大玻璃窗里的"模特儿"……汽车驰过去了，别人的马车赶过我们急跑，马车上面似乎坐着一对情人，女人的卷发在帽沿外跳舞，男人的长臂没有什么用处一般，只为着一种表示，才遮住女人的背后。马车驰过去了，那一定是一对情人在兜风……只有我们是搬家。天空有水状的和雪融化春冰状的白云，我仰望着白云，风从我的耳边吹过，使我的耳朵鸣响。

到了：商市街①××号。

他夹着条箱，我端着脸盆，通过很长的院子，在尽那头，第一下拉开门的是郎华，他说："进去吧！"

"家"就这样地搬来，这就是"家"。

一个男孩，穿着一双很大的马靴，跑着跳着喊：

"妈……我老师搬来啦，我老师搬来啦！"

这就是他教武术的徒弟。

借来的那张铁床，从门也抬不进来，从窗也抬不进来。抬不进来，真的就要睡地板吗？光着身子睡吗？铺什么？

"老师，用斧子打吧。"穿长靴的孩子去找到一柄斧子。

铁床已经站起，塞在门口，正是想抬出去也不能够的时候，郎华就用斧子打，铁击打着铁发出震鸣，门顶的玻璃碎了两块，结果床搬进来了，光身子放在地板中央，又向房东借一张桌子和两把椅子。

郎华走了，说他去买水桶、菜刀、饭碗……

我的肚子因为冷，也许因为累，又在作痛。走到厨房去看，炉中的火熄了。未搬来之前也许什么人在烤火，所以炉中尚有木柈在燃。

铁床露着骨，玻璃窗渐渐结上冰来。下午了，阳光失去了暖力，风渐渐卷着沙泥来吹打窗子……用冷水擦着地板，擦着窗台……等到这一切做完，再没有别的事可做的时候，我感到

---

① 商市街：哈尔滨市道里区的一条商业街，现改名为"红霞街"。

手有点痛，脚也有点痛。

这里不像旅馆那样静，有狗叫，有鸡鸣……有人吵嚷。

把手放在铁炉板上也不能暖了，炉中连一颗火星也灭掉。肚子痛，要上床去躺一躺，哪里是床！冰一样的铁条，怎么敢去接近！

我饿了，冷了，我肚痛，郎华还不回来，有多么不耐烦！连一只表也没有，连时间也不知道。多么无趣，多么寂寞的家呀！我好像落下井的鸭子一般寂寞并且隔绝。肚痛，寒冷和饥饿伴着我，……什么家？简直是夜的广场，没有阳光，没有暖。

门扇大声哐啷哐啷地响，是郎华回来，他打开小水桶的盖给我看：小刀，筷子，碗，水壶，他把这些都摆出来，纸包里的白米也倒出来。

只要他在我身旁，饿也不难忍了，肚痛也轻了。买回来的草褥放在门外，我还不知道，我问他："是买的吗？"

"不是买的，是哪里来的！"

"钱，还剩多少？"

"还剩！怕是不够哩！"

等他买木柈回来，我就开始点火。站在火炉边，居然也和小主妇一样调着晚餐。油菜烧焦了，白米饭是半生就吃了，说它是粥，比粥还硬一点；说它是饭，比饭还黏一点。

这是说我做了"妇人"，不做妇人，哪里会烧饭？不做妇人，哪里懂得烧饭？

晚上，房主人来时，大概是取着拜访先生的意义来的！房主人就是穿马靴那个孩子的父亲。

"我三姐来啦！"过一刻，那孩子又打门。

我一点也不能认识她。她说她在学校时每天差不多都看见我，不管在操场或是礼堂。

我的名字她还记得很熟。

"也不过三年，就忘得这样厉害……你在哪一班？"我问。

"第九班。"

"第九班，和郭小娴一班吗？郭小娴每天打球，我倒认识她。"

"对啦，我也打篮球。"

但无论如何我也想不起来，坐在我对面的简直是一个从未见过的面孔。

"那个时候，你十几岁呢？"

"十五岁吧！"

"你太小啊，学校是多半不注意小同学的。"我想了一下，我笑了。

她卷皱的头发，挂胭脂的嘴，比我好像还大一点，因为回忆完全把我带回往昔的境地去。其实，我是二十二岁了，比起她来怕是已经老了，尤其是在蜡烛光里，假若有镜子让我照一下，我一定惨败得比三十岁更老。

"三姐！你老师来啦。"

"我去学俄文。"她弟弟在外边一叫她，她就站起来说。

很爽快，完全是少女风度，长身材，细腰，闪出门去。

醉界

文 / 高洪波

酒场上的怪事很多，顶有意思的是凡喝酒的人十有十个不愿醉，总是七谦八让九捣鬼，能少喝绝不多饮。常说酒场如战场，于是正面佯攻侧面迂回兵不厌诈虚虚实实，想着法子把对手灌醉。

醉了的人呢，极少有乖乖吐出过"醉"字的，对这类人侯宝林先生的相声里有过极逼真的描绘，不说也罢。

醉酒有几种醉法，有文醉武醉，还有真醉假醉，似醉非醉；再往深处说呢，有喜醉悲醉忧醉愁醉无奈醉，加上狂醉疯醉和酒不醉人人自醉，总之，醉酒里面有大学问。

　　李白斗酒诗百篇，自然是典型的文醉；武松醉打蒋门神，当是出类拔萃的武醉；林教头风雪山神庙，把个酒葫芦挑在枪尖上，属似醉非醉里面的无奈醉，依他的酒量，恐怕五个酒葫芦也不够他醉的。

　　杨贵妃独宿空房，拿皇帝丈夫的风流脾气没法子，借酒浇愁，醉成海棠花，这应归入忧愁醉类。至于狂醉疯醉喜醉悲醉，总之是代代豪杰逃不脱的干系，仍然不说它了。

　　醉酒的人，其实大不惬意，十八岁时我初醉人生，足足睡了三天，起来后头重脚轻，在云南一座军营里寂寞地思乡，心里委屈得不行。我是被退伍的老兵们灌醉的，半斤白酒下肚，心里明镜似的，可舌头就是不听使唤，脚后跟也像被人剁去了一半，于是只好亲吻母亲般的大地，同时让胃里旅行的一堆东西重见天日，那一阵喷射状的呕吐，极像脑震荡的症状。严格说来，这首次醉酒是一次灵魂的脑震荡，它使我摆脱了少年人的稚气，吐尽了学生娃的怯懦，从此成为一名真正的军人。

　　以后仍有多次醉酒，在撒尼山寨、苦聪村庄，我为木薯酒的清香诱惑，遂沉醉不起；在傣家竹楼、景颇木屋，我被醇香的米酒吸引，曾烂醉如泥。一九七七年的春节在贵州于开阳征兵，时值醉酒狂欢的正月，走村串寨，翻山越岭，酒乡的醉意之浓烈，醉情之厚重，足足让我醉思绵绵，至今难以消散。

　　我在贵州学会了划拳，一种典型的中国特色的智力游戏，划拳为我的醉酒增添了许多有声有色的诗的氛围。或者说，它们本身就是绝妙的诗，是酒徒祖先们集体创作、率意吟哦而又传诸后世后代不朽的杰作，赢拳时的自豪与输拳时的沮丧，其实质绝不亚于任何一场心灵的角逐。划拳的效应是酒不醉人人自醉，醉在划拳的吆喝声与手势里。

　　似乎扯远了，还是聊醉。

　　古人对醉是下过功夫研究的，读明人曹臣的《舌华录》，记载过皇甫嵩一段"醉论"。他声称："凡醉各有所宜，醉花宜昼，袭其光也；醉雪宜夜，清其思也；醉得意宜唱，宜其和也；醉将离宜击钵，壮其神也；醉文人宜谨节奏，畏其侮也；醉俊人宜益觥盂加旗帜，助其烈也；醉楼宜暑，资其清也；醉水宜秋，泛其爽也。"可以说是深得醉中之三昧的高论。

　　但我想这位皇甫君在醉的质量上没有细说，人生难得几回醉，说的正是这一点。当代著名诗人郭小川曾在大森林中与伐木工人痛饮，朗声吟道："豪情，美酒，自古长相随。"醉得痛快，醉得洒脱，醉的质量当数上乘。可谓当代诗坛第一醉！可惜小川早逝，酒歌难唱，醉也就成为一种难得的奢望了。

　　当然，有酒，有诗，有生活，便有醉，这也是历史的必然，"唯愿长醉不愿醒"，我指的是一种心灵的沉醉，微悟与清纯的诗句给人以美的熏陶。好在有了几位诗友新创办的刊物《中国诗酒》，我理想中的醉界，当指日可达。

于是再浮一大白。

喜气安稳

文 / 雪小禅

年龄越长，越喜欢喜气安稳的东西了。

决绝喧嚣，回归宁静。是一种难得的自控。

少时，一定是雪要惊艳，衣要艳人，容要艳世。连那锦缎上的绿，我也一定要嫩绿。

总怕来不及。张爱玲也怕来不及——所以过年没赶上穿新衣会放声号哭。

连画，也要看黏稠的、浓密的、烈艳的——比如凡·高，比如高更。还有克里姆特，让人窒息的金色。《吻》《水神》。散发着浓得不能再浓的颓废与情欲。沉溺其中，无法自拔。

那被指为淫荡的女子，蛇一样的扭曲的身体，让人欢喜。克里姆特，从来富有争论。华丽的精致，脆弱到崩溃……不到极致的东西，总是无法让人过分沉沦。

而现在，不。

从前博客是鲜烈的戏子头像——像烈艳的蛇，红的，黑的，交缠在一起。吐着芯子，不心甘，不情愿。夏天的时候，换成了佛家意境，不说佛，佛却在心中了。像怀斯的画——我还是这样绝然地喜欢着怀斯。

那么安静，那么凛冽。那么充分，又那么颓唐。

少时听戏曲总是睡着了。盼望着戏快结束——能早早回家睡觉去。那时必佩戴着略显诡异的装饰，把头发弄得乱七八糟。

现在，总是觉得时间快——怎么这么快一出戏就结束了呢？就完了呢？散戏时还有余味。不愿意离开——纠缠于时间时，发现时光已经老掉了，露出了白胡须。不过几夜而已。

有人说，喜欢听戏和评书联播的人，其实已经老了。

那么，早就老了吧？

每次去看戏，惊觉周围全是老人。只有自己的黑发白衣那么惊艳着四周。但他们不知道，我的心早就六十岁，早早地，老成了一块姜，带着自己淡淡的微凉和辣。

去买了好多粗瓷碗——原来，早就喜欢这粗糙：早晨的露珠，集体上卖花的农民。那花一点也不精致，带着早早开放的羞涩与茫然。寻来的花布。帆布的包。便宜又好看的足球鞋。一点点，散着人世的温暖意。

那时喜欢过分渲染自己的生活，以让它独特而个性。现在，更喜欢收敛起锋芒，躲在不为人知的角落里，干净而幽致地生活。清寂之气，十分难得。

也曾经喜欢与人争辩，说出一二三四来。说出来又如何，讲明白能如何？——不辩才是高境界。此中有真意，欲辩早忘言。

天生的暴烈被慢慢收藏起，成为一颗珍珠。

从前，是个不能控制自己情绪的人：解释，难过，倾诉，博得同情或支持，都无用。没有人会真正走进你的内心。没有人真正了解你。大家都过着自己的生活。与别人关联甚少。这个江湖，本来就是素淡而无情。

珍藏于内心，守口如瓶。永不提起。其实是内心一种有力量的控制。这种控制，源于内心的强大。就像一个人的长跑，如果始终处于冲刺阶段，一定早早退场。而那不急不缓始终均速的人，定能走到终点。短跑，于一个年长的人来说，早就不适合，它只适合二十岁以下的少年，多冲动，都无比应该。而我内心的狂热，早早收敛于心的最里面，是一座矿，更是一块金。沉默着，散发着光泽。

很多个早晨，听齐豫唱经。《大悲咒》《清净法身佛》《观音菩萨偈》《莲花处处开》。早年唱《橄榄树》的女子，脱胎换骨，从属于如此天籁的佛经。是时间赠予的从容与清淡。是知道喜气安稳比浓烈诡异更从属于内心。

友小冬曾送来七十年代的被面。红得烈艳，绿得绿，紫得吐蕊。把它们铺到茶几上，看到水滴到上面，不觉得浪费——如果多年前，一定做成了衣。飘在身上招摇过市。

但现在只贪恋白衣。

梅发短信说白衣胜雪。没有答人比花娇。如果答，也是人比花妖。

其实，光阴早就把最美妙的东西加在了修炼它的人身上。那个美妙的东西，是妖，是简贞，是从容不迫，也是一颗最自然的心。

言是寡的。不再多解释一句。

衣是素的。收敛起从前的烈艳与张扬。

发是黑色短发。最普通的发式，自己动手剪过。对着剪子，丝毫不纠结于好看与难看。

胡兰成写愿岁月静好。这静好其实是喜气安稳。在 2011 年的夏天，我选择了旗袍。从来没有选择过的丝质旗袍。淡黄色，有细碎的小花。安静地点缀。

一双汉舞的绣花鞋。

那旗袍上的小黄花仿佛会说话，在我安静地走在锦绣园子里时，听到它说：活在当下，喜气安稳。

淡泊中的真味

文／杨闻宇

人的嗜欲与生俱来，就像婴儿降生时疏疏淡淡的乳毛那样，在成长的途中日渐浓密。

年轻人血气旺盛，"嗜欲无限，动静不节"，既带来快感和欢娱，同时也造成忧愁、悔恨、焦心与绝望之类的烦恼，有限的欢娱，常常勾起无限的烦恼。"天道谁无烦恼，风来浪也白头"，便索性称这从娘胎里带来的头发为"烦恼丝"，为了限制、稀释、剪灭这纠缠难解的烦恼，有人干脆咬牙割断一把烦恼丝，躲入深山为僧为尼，自我禁锢，自甘岑寂，主动杜绝世俗的诸种刺激和诱惑。

天下梵刹寺庙历久不衰，有增无减，而且壮观巍峨，可谓是红尘烦恼建筑在荒远僻静处的一座座古老的结实城堡。

嗜欲五花八门，烦恼丝是一大把。最难剔除者似有三桩：钱财、女色、权位。

富贵之马驮起它的主子如入无人之境，用钱财这把钥匙几乎可以神奇地捅开俗世间一切暗道机关。"人为财死，鸟为食亡"，在许多人心目中便成了天经地义的哲学。

嗜色。溺乎其中者，魂为之销，魄为之夺。赌场上有一种骨磨的赌具，名曰"色子"。嗜色之徒作为潜入"爱河"间的一个魔鬼，"过罢瘾就死"，总是取用自身中最紧要的一块骨头去从事冒险性的别一种"赌博"。

权位的代名词是官场。旧官场更是一座高深莫测的大型迷宫。有多少聪明正直者步入其中，随着青云直上，也难免变易平常心，乱了步调，失却常态，于是惑溺其间。官场历来是繁盛红火的。繁华热闹与灯红酒绿互为表里，前者为人所共睹的表象，那内幕里的灯红酒绿才真正是个不见天日的场合。"出舆入辇，命曰蹶痿之机；洞房清宫，命曰寒热之媒；皓齿蛾眉，命曰伐性之斧；甘脆肥脓，命曰腐肠之药"（枚乘《七发》）。被财、色、权这三副枷锁死死套定了的人，满眼的锦绣无边，笙乐盈耳，美女成阵，窃以为神仙生涯不过尔尔，直至收局之日，他们不能不付出自己。

正当的嗜欲行云流水，合乎生理；过度的嗜欲则于世有害，于己有损。

出家人之外，我们芸芸众生，究竟怎样才能摆脱嗜欲所招致来的诸多烦恼呢？方法非常简单：安于平淡而已。

与其说平安是福，不如说平淡是福。不胡乱攀比，不奔竞征逐，不自视清高，不得陇望蜀，逢事不躁，处变不慌，毁誉不计，宠辱不惊，能有个冲淡平和的心境，即属安于平淡。

俭素、宁静与淡泊是连襟姊妹，一个人嗜欲愈浅，精神上愈能洒脱自如，襟怀里便愈能容纳各式各样的天光云彩，这才是淡泊的至境。

情怀之浓而后淡方是真平淡，江河之奔腾入海乃显大本色。

各人的生命正是尘世上一条条的小溪流，众多的溪流归之于河海，外形上消逝了自身的存在，但精气神依旧，而且波翻浪涌，吟吼若雷，以别一等方式昭示着自身的永生。

"大块无言，而四时行焉，百物生焉。"天地自然是恬适、淳朴的最高象征，师法造化，亲近自然，是心境归宿于平淡的最佳途径。

社会上"繁华"一词，也许从"繁花"二字变衍而成。自然界和风浩荡，繁花似锦，普天下劳动者日出而作，耕耘于野，其襟怀是开阔而平淡。淡而后静，宁静方能致远，他们生活在原野上，天生就是一道道归于河海的溪流。

淡泊是成熟的最高象征。

秋云、秋月、秋水、秋菊，构成天高气爽、七彩斑斓的淡泊意境，比鲜丽的春色和荫荫的夏景更隽永，更宜人。

"却嫌脂粉污颜色，淡扫蛾眉朝至尊。"弃绝浮艳，淡雅为神，这浓后之淡几近于云褪之月，是一种取法自然的娴静艺术。

人际关系上的淡泊迥异于寡情薄义，小康人家的知足自诩与淡泊无缘，士大夫式的闲逸无聊更不是淡泊。唯有久历风尘、熬出嗜欲的有识之士，才可能理解什么是真正的淡泊。

庄子的"君子之交淡如水"，白居易的"淡水交情老始知"，鲁迅的"扫除腻粉呈风骨，褪却红衣学淡妆"，处淡泊以养志，取淡泊而扶真，反复提示着淡泊中有真味，淡泊中寓醇美。

本人是渐入老境，努力挥别荣利之后，才渐渐品尝出淡泊中的至味的。"天清江月白，心静海鸥知"，雨霁碧空是最清明的天地，大味必淡之，"淡泊"是最悦目的视野，最雅洁的境界。

十分钟的享受

文 / 马国亮

　　许多人早上醒了立刻可以离床，我从来没有这种本领。我也不羡慕他们。一个懂得欣赏睡眠之乐的人，才不会在早上一醒来就跳离了床的。睡眠之乐乐何如？你能知道吗？晚上睡得越酣，你越不知睡眠的真趣在哪里。只有在早上醒了之后，未曾张开眼睛之前的一段时间当中，才是你可以真切地体味到睡眠的甜美的时候。那种似睡非睡、似梦非梦、似醉非醉的境界，真是人生最温柔、最舒贴、最甜蜜的境界。你的脸偎贴着你的枕，你的神魂游离于梦乡的边缘。一张开了眼就是现实。可是你不愿张开，现实是板起面孔的、没有情趣的、不肯妥协的。

你宁愿把眼闭起来——不，你不是闭着，不过是向另一世界张开，那另一个的朦胧的世界，美丽的、温馨的。没有债主，没有柴米油盐的胁逼。在现实的环境里你是个奴隶——生活的奴隶，某一类人的奴隶，可是在这另一世界中，你是自己的主人。没有任何劳苦的工作。你四肢松弛，懒得如一只猫。只在这短短的时刻中，你完全渗在最舒适的境界里。你的神魂在凉雾似的幻境中交融。

闭着，不要急于把眼睛睁开。那一双眼皮是一座万里长城，挡隔着人世间一切的苦恼。任何东西不能惊扰你，只要你把眼睛紧紧地闭着。

闭了眼睛是否在想什么呢？我的答案是反面的。如果你能不想什么，似睡非睡的感觉会给你更安静、更宁贴的享受。一夜的睡眠已经给你恢复了昨天的疲劳，你要是想什么，头脑立刻清醒，烦恼就会乘机爬进，破坏了你的逍遥的天地。快乐的最高境界是忘怀了一切——包括你自己。

我爱这样地每天在床上躺着五分钟或十分钟，人类的始祖亚当就是靠了他闭着了眼睛才保持了他的乐园的。人类此后源源而来的不幸就是因为亚当不小心地睁开了眼睛。一睁开，什么都完了！我们不幸都是亚当的子孙，我们到底不能永远把眼睛闭着。可是每天早上享受片刻我们始祖所享受过的快乐不应当说是过分的。

但永远逃避现实也是不配做亚当的子孙的。人创造了世界，这世界目前看来坏的比好的多，你自然有许多未了的工作。你是人，你有你应尽的义务。现在，先生，请把眼睁开，你该起来了！

人淡如菊

文 / 郭春燕

　　友赠菊花茶，以为奇。既是花，又是茶，那该是怎样清逸俊朗的模样？

　　沸水冲之，几枚干枯的花瓣随波翻腾，渐至平静，霎时，一朵朵淡黄色的菊花盛开在透明玻璃杯中，如浴在水中的女子，爽洁清新，盈盈动人。于是，眼波盘桓，不忍移去。

　　投几块冰糖，待融尽，把盏轻饮。浅浅的隐隐的一股清香，顺喉而下，片刻便达肺腑，顿觉心骸俱松，一切释然。其茶淡，其人亦淡，渐渐地氤氲成一缕风、一絮云，在空中闲来荡去。细斟之，人生当何不凝成一杯菊花茶，滤掉俗尘，拂去杂念，独自逸然地开放？

　　茶香缭绕，隐约可见青郁的山上，飘下一人。他荷锄背笠，短衣绾裤，衣襟上斜斜地别着一枝嫩黄的菊花。他步风踏尘，来到自家竹篱茅舍前，推开虚掩的柴门，随手将那枝菊花插在竹篱上。隔壁邻人在瓜架下，支起一方小桌，两碟小菜，一杯淡酒，正自斟自饮。见他归来，忙不迭地招呼过来。他亦不推辞，洗盏更碟，相与推杯对酌，不胜欢悦，而面色渐渐微酡。此时，落日熔金，天边红透一片。晚风清爽，一阵阵袭来，篱上的菊花颤动身姿，面容晕染了一层猩红，似已醉在夕阳中……

　　他就是晋朝的陶渊明，以隐逸者著称。因为不愿向小人俯首，不为五斗米折腰，遂躲至村野乡陌，吟诗作文，经营一方田亩，不问世事，快活潇洒地打发着时光。其后的许多文人竞效其法，一旦失意落魄，便轻甩发须，仰天大笑出门去，寻山林，觅村舍，远离尘世，在自然中了度余生。也许中国文人向来处穷达用舍、水清水浊之间，自以为濯缨濯足、行藏在我，胸中一股清气，总想以己之志肆逞天下，却往往在现实中碰得头破血流。遭贬谪，便自嘲：天涯何处无芳草。拈一枝花，枫桥夜泊，寒江钓雪，将人生沏成了一杯淡茶，涵蕴味永，朦胧了秦时明月，清癯了唐宋诗词。那缕茶香绕过花丛，悠悠，淡淡，一直飘荡到今天……虽然他们称不上伟大，却"宁静而致远，淡泊以明志"，保持了内心的独立与完整，是无奈之举，也是明智之行。

　　菊，轻轻地脱口而出，唇齿之间无须费力，而那种清韵便随徐徐气息悠然淡出，一如其姿态的优雅与脱俗。在乡间、田埂上、小路上，车辙辗过，牛蹄踏过，泥泞中依然可见清瘦的野菊花，怯然，却坚毅地微笑着。拢在手里，沁出一股冷冷的暗香，未及盈袖，却萦回于鼻喉齿颊之间，舒缓而畅意。我相信它小小的体内一定吸取了天地自然的精华和灵气，澄清了尘埃和芜秽，莹心一片，韵致天成，佳趣横生。在城市里，菊并不鲜见，花瓣繁复，叶绿且阔，花容日渐丰美，但却少了一种峭拔和秀挺，甫一照面，也不再会愕然惊诧、蓦然回首。于是茫然间，心中的那枝野菊花已悄悄摇曳，散出淡淡幽香……

　　东晋高僧慧远，独爱山林之幽，尤恋庐山秀美。当时刺史桓伊便为他建造了一座禅舍，名之"东林精舍"。据言其舍"洞尽山美，却负香炉之峰，傍带瀑布之壑……清泉环阶，白云满室"，人居此，"神清而气肃"。原来自然间钟灵毓秀，比起纷纷扰扰、尔虞我诈的名利场，何啻天壤云泥！难怪隐逸之士慕梅兰竹菊，寻尘外幽踪，携松林清风洗濯心灵，沐朝露夕岚廓清耳目，绝尘弃俗，标示出一番高洁孤傲的风姿情采。

　　以我的想象，山林虽幽，田野虽阔，却也一定有其物质的不足、生活的不便。即使浪漫如屈原"朝饮木兰之坠露兮，夕餐秋菊之落英"，还是要吃要住要行。于是，这些隐者涉水攀山，伐薪煮炊，一袭青衫飘在风雨中，凄冷、孤寂，甘苦自尝，冷暖自知。在此情境下，他们微微一笑，挥毫落纸如云烟，风神散朗，一派闲适和逸然，其淡泊之心足以辉映时世，且光射当代。因为今人难再舍名利、弃富贵，拥一心恬淡，去山林村野听天籁之音、探幽壑之美了。

轻轻把杯，看一朵朵菊花开在水面上，深吸一口，那股馥郁荡然于胸。恍然见陶渊明正坐在自家的院内。时值重阳，亲手种植的菊花已静静地开放，给凋零的秋天抹上一层炫目的色彩。渊明环顾四周，一张竹椅、一架素琴，还有一篱菊花，蓦地，他竟有一丝丝寥然泛上心头，想要饮酒，伸手触壶，摇摇，却是空空。正兀自发怔，一白衫人飘然而至。定睛细看，原来是好友王弘提壶送酒来了。渊明欣喜地牵住王弘的手，然后落座、斟酒，畅然对饮。兴酣处，他移过琴来，抚琴高歌，以寄其意。渐渐，渊明醺醺然已有醉意，他斜斜地靠在椅上，抬手挥曰："我醉欲眠，卿可去。"便沉沉睡去。看来，率真的渊明有花有酒有友，心亦足矣，也真该再做一个好梦了。

云淡风轻的日子里，怀里抱满菊花，笑在灿阳下，那实在是一幅纯美的图画。这缘于淡泊无尘的心境，而这种淡泊又不是了无牵挂，因为渗透点点人性的温存，益显其骨高格标。就像陶渊明和王弘的友谊，其淡如水，其味弥长，悠悠情谊似东篱之菊盛开在彼此心间。那种淡淡的韵味香远益清，让人生也变得芬芳起来。

秋，霜降，众芳谢，唯有一枝枝菊怒放。枝叶俏然，花容清冽，皎然而超尘。尤在月夜，朗朗清辉泼溅花上，透剔晶凝，冷冷不可浸淫。此时，端详杯中的菊花，无言无语，悄然开放。它已从绚烂而归于平淡，却自然地伸展身骸，浴在净水中，清雅，和润，自成一格。

茶已微凉，轻啜，却是沁透肺腑，神清目爽。

人淡如菊，菊淡似人……

布衣味道

文 / 桂苓

　　美国作家福克纳说：生活中充满了喧哗和骚动，却毫无意义。我想，在家穿着简单而宽大的布衣，洒扫庭除、浇花种豆，却有着最本真的意味，清明、空灵，三里屯酒吧街原有个"简单日子（Easy Days）"，名字真是好，我一见之下便喜欢，想着日后"拿来主义"地直接作为自己反时尚、反潮流、反媚俗题材作品集子的书名。怀一颗平常心，日子也是最简单的天晴天雨、开窗关窗、日沉月升、云飞云落、云卷云舒，这一切，Easy Days，一个又一个 Day（日子），多么好！

　　比如自己纺花？织布？自己裁衣缝制？城市有

许多"陶吧"，为什么不可以有这种"布吧"——弄架织布机让人去"注册"，想起来就去"吭哧吭哧"织两小时，等织到三米两米够做一件长裙了，方算完工？自己染衣也好，大捆大捆稻草、靛蓝草，大把桑葚、野眼泪，放染缸里，把白布搅到里边久久煮、染、浸、渍，黄的颜色自然朴素，柔和原始，有泥土的温暖、大地的芬芳；蓝的沉静、安稳；紫的沉郁、庄重，皆有着自然、果实、植物温和的气息和醉人的芳香，让人心生欢喜。

穿这样自织自染的衣服，周围飘逸着清爽的空气，去做任何事情都一无障碍，顺顺当当，苦事也成了乐事。

川端康成的《雪国》，雪中晾纱的文字真是雅洁可喜。冬天织纱只有在雪中晾晒，方能在夏天穿时感到凉爽滑腻舒适。这样沾染着太多个人信息与性情的衣裳，已与我们融在一起，物我两忘。我穿衣，衣也穿我，它自己似乎会漂移、游走，这样我们做任何事都是舒心、轻松、可心可意的。我用小隶抄宋词，有着宋月的境致与情怀，心底生凉。我也爱看早时文人的书简小札，小毛笔字或草或楷，细细密密的，匀称而自如，不会写着写着写烦了，乱画乱涂起来，真令人惊叹。现代人别说抄，别说写，就是打，也怕麻烦，用扫描仪一扫，完了。

我很喜欢那个叫"农妇"的作家，她原叫孙淡宁，淡泊宁静，简淡安宁，本身就已够好，"农妇"更好。农妇的审美、农妇的哲学是一个人本真淳朴的人生真义。比如别人都养兰养菊，我养一只白菜根和萝卜头，看它发出青淡的小叶子，根部饱满地吸着水，淋淋水意也顿时涨满心胸，不会写诗作画也想铺笺命笔弄幅水墨出来；陶钵里养几棵小麦，长苗、抽穗，然后渐熟渐干，做成"干花、干穗"；一段枯枝上长几棵木耳，支支棱棱的，偏给它断了水，成了"干果"；有蝉蜕的一截树枝连枝杈带叶剪下来插瓶，是最好的"生死相依"；白的瓷盘，放半只"心里美"，小心地洒点水，饱满地盛着能养上三两天；切半盘细细的丝，别吃，挺好看；用旧的小花伞倒挂做灯罩，丝绸滤过的光变得滑爽，夜也一如丝绸，睡在灯下的人，情感也顿时变得细腻，一如面对多年失散的恋人……或者偌大的客厅，总旷得人心里虚空，加上电视、音响都是黑的，像冷兵器时代，一把油纸伞，红的或晕黄的，斜斜往地板上一放，顿时有了人气，就像赶考的丈夫冒雨回家，青衫犹冷，但家居可亲，时光似乎也倒流三百年，回到宋、元时期。

有些小情小调我不想说太多。楞橛橛的干枝子，小不点的叶子红红地焦焦地卷起来，不落，看着反倒像花。插瓶里，尤美。我不知它的名字，也不想去查。因为环保，怕别人知道了都去摘。至美的事物，须精心护持，轻易不说出它的名字，那种情感，像对一个至爱的乡间诗人，或古镇爱人，心底热烈而又清凉。年初那天，我剪了齐齐的刘海——听说线香是柏壳为原材料做成，我不会那么复杂的工艺流程，干脆直接燃捡来的柏壳，引煤球炉子般煽风点火，那熏人呛人的烟火气，燎焦了头发。

说真话，柏木真是香，吃烧烤肯定能羽化成仙。惬意之余也真莫名其妙，怎么都不能向人开口解释——都两千年了，还燎焦头发，像爱美的二十世纪六十年代人铁火棍烫的，有种煳味。

还有种情调太喋血。人家林和靖梅妻鹤子，我爱看扑灯蛾及种种凤凰涅槃般踊跃前来赴汤蹈火在所不辞的蚊蚋。我故意点那种油灯，松节油以一种清亮的柏树味吸引着它们。它的生命活力向着火与光，像昏睡的心灵以沉重的心向着上帝，像万颗向日葵的头颅向着太阳……只是"扑啦啦"它们会跌倒一大片，像我随手抛撒的瓜子壳……

生活的原生态有如许多美丽非凡的事物，全在于我率性而为的发现与遐想，生活的味道便是那布衣的味道。有个典故说北魏高僧昙曜被皇帝的马衔住僧衣，从此开始了云冈石窟的开凿。相传马识善人，其实是马闻到了僧衣渍染后留下的稻草的清香。那么，布衣的味道便会引来小兔、小山羊、小鹿等一切纯美的动物，连及那个来自乡间的诗人，脚步嗒嗒的纯美的恋人……布衣味道使我周遭的一切都变得清凉、清亮、清烈而清香起来。

在岁月的呼吸里醒着

文 / 刁利欣

　　不知有多少回梦醒在夜半时分，听自己轻悄而匀细的呼吸，握在胸前的双手推不开夜色的包围，一种来自阻挡不住流年碎影的惊惧感使我赶紧打开灯，重新坐到书桌前，以确认自己是在岁月的呼吸里醒着的。

　　桌上，依然摊开着洁白的一摞纸张，我使用着这些汉语言文字，在纸张上进行着多种可能的组合，并将这些组合的可能性变成现实，使我经受着一次又一次的下坠与飞升。文本的形式在我这里已经不再重要。我试图表明的是作为我自己的人的身份，一个女性的灵魂，她的去意彷徨和一度的迷惘，她的对生对死的无数次的叩问，她的思索，她的寂寞，她的痛，她的爱。一个女性的灵魂便在这与岁月的相向当中丰满了起来。也唯其这样，作为我自己的人的身份，女性的灵魂，由纸张和文字做了一份真实的明证。

没有一个人的生命可以长过岁月，面对岁月，便面对了生，同时也面对了死，既幸运又绝望的那种。我们无法抵挡岁月的诱惑，无法抗拒岁月对我们的接纳，同时又无法抗拒岁月对我们的遗弃。那是怎样的一种深长与厚重啊。这是生的美丽，这也是死的美丽。醒着，便领受了生与死的这些。存在的方式如此之多，一个人如何可以超越岁月而活在岁月之外？这是不可能的。但是你又必须面对，这就是岁月了。在岁月的呼吸里醒着，其实就是一个人试图开启一扇扇思想的门。这扇门虽然经年日久，可一双纤细的手还是一次次坚定不移地叩响它，以进入智慧花园那无数条深深的巷陌，渴望智慧花园里草长莺飞的生长撕扯自己的心魂。或者说就是为了维护梦境之外一个醒着的自己。因为她是醒着的，醒着便不能什么都不想、什么都不做。人活不过一生以外的其他岁月，思索、探究、叩问应是一个人静心修习的原质。

我相信这个。多么好。岁月，呼吸，醒着。

多么好是因为有意识存在，意识中有伤痛，有缅怀，有恨，还有爱。爱是重要的。而一切因为有了爱，醒着才是一件可以承受的事情。

这是一个有着星光的夜晚，和许多个夜晚没什么两样。但对一个人来讲，它可以使一个人的思想的维度无限宽广和自由，也可以使一个人遭到庸常日月的无情绞杀。

再过一段日子就是端午节了，屈子的祭日。屈子是因为醒着才难以搅入世间的浑浊，醒着让他体验到一种无比切肤的痛。一种特立独行、卓尔不群的醒，此种醒最终让他付出鲜活的生命。彻底地维护醒着时他所日思夜想的美好的世界，美好的状态。醒，是生与死的转换。因此，我相信，醒是与岁月相遇时我能够持有的一种态度，甚至是内心的一种表态。醒着就是把自我的心灵浸入冷水里来一次冷处理。它不是经过一次两次就能完成的。它和经年日久的深长与厚重的过程是一样的。它和中庸无关。它是一种拒绝中立的宣言，一种凄绝的向死而生。

岁月是我们的血统和出身，并且有历史作为它的终结。终结是我们终于是骨的大结局。如果自身在岁月当中能够谈得上什么高贵的话，那便是在岁月的呼吸里醒着。在岁月的呼吸里我们同样应当对现实保持一份警惕，因为它太容易诱惑我们自己，也太容易把我们——同化在岁月的褶皱里。为了担忧的这一切不至于发生，那就醒着好了。一切只能有赖于自我意识的清醒。只有清醒的自我意识，才有可能在时间的急流中站稳脚跟。在真正的灵魂冲突和命运悲剧中不被辱没。醒着，意味着自我意识的永不浑噩。文本的形式真的不重要。它只是我行文的一种载体，一个承载物，重要的是文本后面的那一缕缕醒着的精神线索。

在班德瑞演奏的音乐中醒着。

在难得的宁静，难得的幽深，宁静与幽深之中仿佛有婉转的马鸣。空谷幽鸣的那种。从不可知的林中传来。遥远的，却又是那么清晰。尽管我知道，生活不是一处幽谷，生活也不是一处森林，如何将自己的心灵与性情镂刻上只属于自己的烙印，却不是件容易的事。然而这并非容易的事，自己做起来又是那么心甘情愿。

这是一些真诚的文字。

真诚得只为了内心而写作。

我希望我的真诚唤起你沉睡的情感，如果是这样，我由衷的高兴。毕竟，我落于纸上的文字拨动了你内心的那根弦。琴弦与心弦都是敏感的，就看你能不能够有决心去触动它，也为自己终于把最想说的话落于纸上。敏感不都是美的，它最容易引发歇斯底里和神经质，但是敏感不至于使一个人僵滞，它是心灵的一种回应。那份单纯与率真，在敏感的心弦上游离而没有疆界。不去抚弄它，它便走了自生自灭的路。有了弹拨和触动，断裂了也是值得的。可怕的事情是：琴弦与心弦就那么高高地悬在高处，锈了、涩了，没有颤动的声响震动气流，听不到琴弦铮铮响过。真诚地活着是件很幸福的事情。我们为什么放弃真诚地活着，选择那些让我们活着而内心却无比痛苦、陷于苦苦地挣扎的方式呢?

内心在疲惫、期待、内敛、约束等当中奔突着，它四处冲撞着，渴望四面八方都有脱逃的洞口，而四面八方都设置着使它头破血流的死角。这是一种真正的对峙之境，内心的与现实的。不是吗？

这是一些产生于无数个梦醒在夜半时分的文字。是一种深深的惊惧，惊惧于被庸常日月无情吞噬的焦虑。阅读和书写是我现实生活中唯一能够抓得住的救命的芦苇。虽然它正被生活压得弯躯曲背，受了些内伤。别尔嘉耶夫的思想自传深深地影响着我。自我认识在人的一生中有多么重要。

我希望我的孩子能够读到它，我像对待孩子一般地对待这些落在纸上的文字，以及产生这些文字以前和以后的心境。尽管我至今没有走入婚姻，孩子因此无从诞生，而一个残疾的母亲会给孩子的心理带来什么样的压力是能够想象得到的。这对孩子来说又是极其的不公平。一个残疾的母亲，我能够拿什么奉献给他呢，我的孩子？我更希望别人的孩子能够读它，翻开这篇文字的某一页。孩子的早熟并不像某些父母想象得那么可怕。那只是想象。好奇的心理，使他们很想探入成人世界。成人世界，又是孩子无法理解的。但是终有一天，他们都是要面对的。早熟会使我们的孩子很早就做好了迎接世界的准备。为什么对孩子们说不？

人们行走在爱与痛的边缘。爱与痛的边缘是一条大河，它或多或少地湿了你的鞋子。在手够不到的地方，你是否获得了爱与痛的抚摸？你是否辜负了生活？生活带给你的一切已经那么多。尽管是很累的一种生活。我一直在努力追求完美，而事实上完美并不存在。我的肢体是残缺的，不懂事的小孩子常常跟在我的身后一连声地叫："瘸子！瘸子！"似乎这叫喊能够使他们得到某种心理上的满足。他们的母亲聚在一起飞短流长，却没有一个去主动领回自己的孩子，也没有一个家长告诉孩子，从今以后再别这样叫。有谁知道我的心里积郁着泪水？更何况那些可以被小孩子们叫作"傻子、瞎子"的人。因此，我至今没有走入婚姻，生下能够延续我此生生命的孩子。我不能让伤痛也落在我的孩子的心上。我不忍心。就让我漂泊的心注满辛酸。我苦涩的爱高高悬在冷峭的枯枝上，让爱包藏在青涩的果子中。我的肢体是残缺的，对你——我深爱的人，我的爱却是残缺中最完整的爱，并且纯洁而无瑕。

世上所有的文字都不能穷尽爱与痛的牵扯。倾诉的感觉已经很好。诉说，但仅仅是诉说就已经够了。在现实世界信赖已然无多的时候，我相信灵魂与灵魂是可以互诉的。没有承诺，一切从灵魂出发，我相信这就足够了。

诉说，通常是一次我与自己心灵的约会。在漫漫记忆里确定那些爱与痛的细节。所有的细枝末节让自己谨记爱着的与痛着的。变有生之年为一瞬。我常常被生命感动着。尤其那些有着人性的生命个体使我感动。我在正视自己的时候，许多时候是熟稔的，又是陌生的。我在以往的岁月里将自己深藏起来。

在语言里，现实和虚构有时候真的难以分辨。而时间的距离则像目光一样短浅。爱着的与痛着的。是在手够不到的地方，是你我的眼神把温情带到了那里。世上存在的一切，有开始就有结束，在开始与结束的过程当中同样充满了冒险，充满了不可战胜的神秘、惊奇、恐惧、疑虑，痛恨，也有着深情与甜蜜，这就是人们如此热爱回忆的理由。它如同一条流动的河水，在不同的纸张、不同的语言里永久地荡漾着，大河一般的宽广。在活着或者死去的哲学命题里，困扰着我，也支撑着我的生活和阅读。阅读、思考和书写在生活当中获得了全新的意义。

活着，你便在岁月的呼吸里醒着。确认自己在岁月的呼吸里是醒着的，是一种最好的生存状态。

醒着，是写给上帝的一封信，写在上面的字字句句，是心灵早已阅读过的。